Ein himmlischer Fall für vier Pfoten

Eva Berberich

Ein himmlischer Fall für vier Pfoten

Weltbild

Besuchen Sie uns im Internet:
www.weltbild.de

Genehmigte Lizenzausgabe für Verlagsgruppe Weltbild GmbH,
Steinerne Furt, 86167 Augsburg

Umschlaggestaltung: zeichenpool, München
Umschlagmotiv: www.shutterstock.com
Gesamtherstellung: GGP Media GmbH, Pößneck
Printed in the EU
ISBN 978-3-86800-535-6

2013 2012 2011 2010
Die letzte Jahreszahl gibt die aktuelle Lizenzausgabe an.

Für Valerie Nyre

Stoffeles Adventskalender

1. Dezember

»Um zwei Uhr einer schönen Junimondnacht ging ein Kater längs des Dachfirstes und schaute in den Mond.«

Das ist ein einfacher, klarer, wohlgefälliger Satz. Er stammt von dem Dichter Adalbert Stifter. So beginnt sein ›Nachtstück‹, dem noch andere Stücke folgen, ein ›Tagstück‹, ein ›Blumenstück‹ und ein –

»Aufhören!« Die Stimme kommt vom Sessel her. »Sag lieber was von –«

»– und ein ›Fruchtstück‹. Du wartest, bis du dran bist.«

Meine Geschichte beginnt nicht im Juni, sondern in einer klaren, frostigen Dezembernacht. Aber einen Mond und einen Kater habe ich auch.

»Hast du nicht. Ich hab dich.«

Dieser von mir also nicht gehabte, sondern mich habende Kater denkt freilich nicht daran, längs des Dachfirsts zu gehen. Er fläzt sich lieber in meinem guten Sessel und gefällt sich darin, mir ständig ins Wort zu fallen. Er ist schwarz.

»Mit weißem Tüpfel hinten«, sagt die Stimme.

Wir leben in Oberweschnegg, einem Dorf, das wie

ausgedacht klingt, aber nicht ausgedacht ist und im Badischen liegt. Genauer gesagt, in Südbaden, zwischen Waldshut und dem Schluchsee. Unten fließt träge der Hochrhein, oben rauschen die Schwarzwaldtannen, soweit sie überhaupt noch da sind und nicht zu schlapp zum Rauschen. »Und alles stand in sanfter Bläue oder wie in goldigem Schimmer oder wie im fernen matten Silberglanze in tiefem Schweigen und unbeweglich da«, schreibt Stifter. Er meint natürlich seinen Bayerischen oder auch den Böhmerwald, aber ich finde den Satz so anmutig, dass ich tue, als habe er ihn für uns Schwarzwälder geschrieben. Auch wenn das tiefe Schweigen sich größtenteils verflüchtigt hat, Autos die Dorfstraße hinauf- und herunterwummern, Flugzeuge die sanfte Bläue in Stücke schneiden und die Atomdrachen von Leibstadt, Gösgen und Beznau ihre radioaktiven Dampfwolken so hoch in den Himmel stoßen, dass dessen matter Silberglanz die meiste Zeit dahin ist.

Hinter Oberweschnegg kommt Unterweschnegg, dann nichts mehr.

»Doch«, droht die Stimme, »jetzt komm ich!«

»Moment noch!«

Bei Höchenschwand, wozu wir gehören, ist ein »sportiver Freizeitpark« mit Namen »Teamwelt« entstanden. Ein sich vierzig Meter hoch bösartig in den südbadischen Himmel bohrender Zementturm namens »Tannenzäpfle«, an dem sportliche Touristen –

sie sind zu zählen – gefälligst »Freeclimbing« zu üben haben, bringt die Landschaft auf den neuesten Stand. »Houserunning«, was immer das sein mag, ist auch geplant, weil man den Leuten was bieten muss. Altmodisches Wandern allein kann man heutzutage ja niemandem mehr zumuten, weshalb unser innovativer Gemeinderat stolz ist auf ein »Nordic-Walking«-Zentrum; und so klappern ganze Horden mit diesen Stecken durch die Gegend, den wenigen, sich ängstlich zur Seite drückenden, noch stocklosen Spaziergängern mitleidige und strafende Blicke zuwerfend. Am Schluchsee gibt es ein Strandbad mit dem schicken Namen »Aqua-Fun«, gegenüber steht das Hotel »Sunrise«, und tritt einem hier jemand auf die Füße, sagt er nicht mehr Entschuldigung, sondern weltmännisch Sorry. Man sieht, wir sind beileibe kein verschlafenes Kaff, wir befinden uns nicht nur auf der Höhe der Schwarzwaldberge, sondern auch sprachlich auf der Höhe der globalisierten Welt.

Weil das so ist, lese ich gern Stifter, dankbar dafür, dass ihm die Wörter seiner Muttersprache genügen. Für schöne Sätze reichen die allemal.

»Jammer nicht rum! Sag endlich was von –«

»Gleich. Das musste ich einfach loswerden.«

Heute, da weniger Zeit vor mir liegt als hinter mir, lasse ich mir mehr Zeit und gehe das Leben gemächlich an. Zum Wirtschaftswachstum dieses Landes trage ich wenig bei. Ich verzehre meine schäbige Rente –

»Mein Magen hängt durch!«

– das heißt, dieser Kater verzehrt den größten Teil davon; auch betätige ich mich nur maßvoll sozial, bin keine von den emsigen »Grünen Damen«, meide sowohl den »Landfrauenverein« als auch den monatlich stattfindenden »Meditationskreis für Seniorinnen, die ihre Mitte suchen«. Und ich höre am Sonntagmorgen gern die Sendung »Die Bachkantate«, weil ich bei Maarten 't Hart las, jede Bachkantate sei die allerschönste, die Bach je geschrieben habe. Ich wohne zusammen mit vielen Büchern, weshalb einige Leute hier mich für absolut von gestern halten. »Liest dauernd und hört Mozart«, rief neulich der Nachbarssohn einem Freund zu, »von richtiger Musik versteht die nichts.« Und drehte sein Autoradio auf.

Aber nun ist höchste Zeit, dass ich auf den Kater zurückkomme, sein Schwanz peitscht schon missbilligend hin und her, weil ich so lange von ihm abgeschweift bin. Von einem wie ihm, der eines Tages von außen aufs Fensterbrett sprang, den Kaktus hinunterwarf und mich einer Prüfung unterzog, die so sehr zu meinen Gunsten ausfiel, dass er mich adoptierte, von einem wie ihm schweift man nicht ab.

Seither versucht er, aus mir einen katergerechten Menschen zu machen. Er nennt sich Mephistopheles, doch darf ich Stoffele zu ihm sagen, wenn er mir wohlgesonnen ist, ich eine von den besseren Büchsen öffne oder ihn hinter den Ohren kraule.

»Ich bin für ›Lachsstückchen an feiner Soße‹.«

»Du kriegst Ente. Die ist billiger.«

»Und du?«

»Für mich gibt's Wienerle und Kartoffelsalat.«

»Ente mag ich nicht. Wir tauschen. Du kriegst Ente mit Kartoffelsalat, ich übernehme die Wienerle.«

Mein Kater und ich, wir reden miteinander. Bevor er mein Leben in seine Pfote nahm, war ich überzeugt, so etwas sei unmöglich. Aber wenn man Glück hat – und eine schwarze Katze, die einem übern Weg läuft, ist unbedingt glückverheißend, da kann der Volksmund so blöd daherreden, wie er will – oder wenn man lange genug geübt hat, gelangt man irgendwann vom Möglichen ins Unmögliche und bleibt dabei. Wenn ein Fuchs mit einem »Kleinen Prinzen« reden kann, warum sollte dann mein Kater nicht mit mir sprechen können? So schlau wie dieser Fuchs ist der allemal.

Leser, die noch an einer realistischen Einstellung kranken, sollten spätestens jetzt dieses Buch zuschlagen und zur Zeitung greifen.

Stoffele erklärt mir alle Dinge zwischen Himmel und Erde aus der Sicht eines gestandenen Katers, welche die einzig richtige sei. So erweitert sich mein Weltbild. In Oberweschnegg, ziemlich weit oben im Hochschwarzwald. Kant ist in seinem ganzen Leben nicht aus Königsberg hinausgekommen und hat sein Weltbild und das unsere auch erweitert. Woran man sieht, dass man sich nicht ständig abhetzen und Erkenntnissen hinterherhecheln muss; auch Hockenbleiber können die Menschheit voranbringen. Ich vermute, Kant stand ebenfalls ein Kater zur Seite, den die Philosophiegeschichte jedoch verschweigt; anders als in Japan, wo die Katze die ihr zukommende herausragende Rolle in der Geistesgeschichte spielt. Ich werde darauf zurückkommen.

»Schwätz nicht so viel!«

In der Vorstoffelezeit hab ich die Dinge des Lebens gebührend ernst und angemessen schwer genommen, im Glauben, das müsse so sein. Dass die gute Schwarzwaldluft, die ich hier oben atme, wieder die Luft meiner eher unbeschwerten Kindheit ist, hat mit diesem Kater zu tun, dem ich eine neue, sehr erträgliche Leichtigkeit des Seins verdanke. In Schillers berühmtem Satz, der Mensch sei nur da ganz Mensch, wo er spiele, ersetze ich den Menschen durch die Katze, und dann heißt es, die Katze sei nur da ganz Katze, wo sie spiele.

»Kater!« Die Stimme klingt ungnädig. »Wir reden vom Kater!«

»Schon gut.«

Stoffele hat, als geborener Schauspieler, ein beachtliches Repertoire. Er liebt Großes Theater, dramatische Szenen, tragische Gesten. Beherrscht aus dem Effeff: Gluhaugen machen, Rückenfell sträuben, kampfbereites Buckeln, verächtliches Pfotengeschlenker, gefährliche Tatzenhiebe, wildes Schwanzpeitschen. Doch hat er auch leise Momente: sanftes Geschnurr und Gegurr, freundliches Reiben des Kopfs an meinem Bein, versöhnliches Augenzugezwick. Und obwohl er, was er sagt und tut, im Augenblick durchaus ernst meint, weiß er doch, es ist ein Spiel, an dem wir beide unsern Spaß haben. So ranken wir uns spielerisch aneinander empor, blicken von der Höhe hinunter auf den Ernst des Lebens und freuen uns des schönen Augenblicks.

Stoffele ist bereit, mir zu verzeihen, dass ich ein Mensch bin, eine Tatsache, die er andrerseits durchaus zu schätzen weiß. Ein Mensch bietet ja auch manche Annehmlichkeit. Weil nur ein Mensch einem wohltemperierte Milch hinstellt in einem stets sauberen Schüsselchen. Weil nur ein Mensch zwei freundliche Streichelhände hat. Weil nur ein Mensch nachts aus dem warmen Bett steigt, wenn auch murrend, um sein Katzentier hereinzulassen, das, nachdem es ein Maulvoll zu sich genommen hat, wieder hinausbegehrt, um nach zwei Stunden abermals vor Tür oder Fenster herumzumaunzen und mit sofortigem Erfrierungstod zu drohen, wenn nicht –

Durch wohldosiertes Motzen und Meckern bringt man seinen Menschen dazu, den Service ständig zu verbessern. Jedes andere, zehnmal größere und zwanzigmal schwerere Lebewesen würde sich von einem wie ihm nicht herumkommandieren lassen. Doch was sagt der unterwürfige Mensch zum Kater? Ja, mein hoher Herr! sagt er, wie das Käthchen von Heilbronn zum Grafen vom Strahl.

Als Kater dankt man ihm seine Ergebenheit dadurch, dass man sich gnädig streicheln lässt. Man nimmt öfter eine Haltung ein, die ihn entzückt. Rollt sich in einem Sonnenfleck. Stellt die Pfoten anmutig nebeneinander. Legt den Kopf schief und blinzelt. »Guck nicht so grantig, mein Lieber, ich red ja schon die ganze Zeit über dich!«

Stoffele ist ein recht widersprüchlicher Kater, schwankend zwischen Krethi und Plethi und Bildungskatertum. Manchmal hat er einen ziemlich ordinären Gassenton am Leib, aber er kann sich durchaus auch vornehm ausdrücken, wobei er einen ganz eigenen, sehr plastischen Sprachstil pflegt. Und er ist für einen Kater irritierend bibelfest. Ich vermute, er stammt aus gutem Hause. Das schließe ich aus mancher Bemerkung, die er gelegentlich mit leichter Pfote ins Gespräch streut.

»Nicht aus gutem«, wirft Stoffele ein, »aus bestem! Mein Ururururururgroßkatervater war der Lieblingskater von einem Heiligendreikönig. Er hat aus einer mindestens goldenen Schüssel gespeist. Gegen die Fleischbüchsen, die der königliche Dosenöffner für ihn aufmachte, sind deine ein Fraß, geschlafen hat er auf dem Thronsessel. Ein Sklave hat ihm die Mucken verwedelt, die in meinem Milchschüsselchen ersaufen. Zu Tausenden. In meinem Schüsselchen!«

»Ich bin nun mal kein Heiligerdreikönig, und Wedelsklaven sind heutzutage schwer zu kriegen. Außerdem schläfst du auf meinem besten Pullover. Reine Schafwolle.«

»Der im Ellbogen ein Loch hat.«

Stoffele dreht mir den Rücken zu, legt den Kopf auf die Pfoten und ist beleidigt. Er genießt es ungemein, beleidigt zu sein, und ist es daher alle naslang. Am liebsten lümmelt er, wie jetzt, auf meinem Sessel herum, von dem er behauptet, es sei seiner. Das führt zu heftigen Machtkämpfen zwischen uns, die meistens er gewinnt, weil er schneller ist und zwei Pfoten mehr hat als ich. Auch weist mich Stoffele immer wieder auf die Rolle hin, die der Kater – in wenigen Ausnahmefällen, wenn kein Kater zur Hand sei, auch eine Katze – in der Weltliteratur spiele. Ohne Kater falle diese recht kümmerlich aus.

»Kater Murr«, zählt er auf, »und Hidigeigei. Spiegel, das Kätzchen. Der gestiefelte Kater. Der Kater Timtetater mit den acht Pfoten.«

»Wie bitte?«

»Zwei vorne, zwei hinten, zwei rechts und zwei links.«

»Ich mag keine Witze mit Bart.«

»Den kennt doch nicht jeder.«

»Woher diese ungewöhnlichen literarischen Kenntnisse, mein lieber Stoffele?«

»Bevor du mir zugelaufen bist, hab ich ein paar

Leute ausprobiert. Dort, wo die Kirche steht mit dem runden Deckel.«

»Das ist Sankt Blasien, und die gedeckelte Kirche ist der nicht unberühmte Dom, dessen Kuppel der von Sankt Peter in Rom größenmäßig nur wenig nachsteht.«

»Einer hatte mehr Bücher als Haare auf dem Kopf. Aber nur eine Frau. Er hat ihr oft was vorgelesen, und da hab ich zugehört. Die Frau war mehr für einen Hund. Aus Eifersucht und zum Rumkommandieren. Da hab ich gekündigt.«

So viel zu meinem Kater.

»Darf ich noch was zu Stifter sagen, Stoffele, mit dem das Kapitel begonnen hat?«

»Aber nur kurz!«

Nur kurz also. Ich habe Stifter nicht zitiert, um den Leser in die Flucht zu jagen oder mit meiner literarischen Bildung zu protzen, sondern weil ich ihn gern lese. Mit Auswahl, wie ich zugebe.

Als ich noch jung und dumm war und es mir nicht schnell genug gehen konnte, fand ich Stifter langweilig, abschweifend, übertrieben gefühlvoll. Zum Andiewandschmeißen. Nun mach schon voran, hab ich gedacht, das zieht sich so. Und es zieht sich ja wirklich. Moderne Leser sind anders gestrickt als frühere, sind ungeduldig, lieben schnelle Schnitte und graulen sich vor großen, überwältigenden Gefühlen. Bei Stifter wird von Männlein und Weiblein, Jungen und

Alten beträchtlich geseufzt, geschmachtet und geheult. Sollen sie doch seufzen und schmachten, denke ich heute, sollen sie doch heulen, sollen doch heiße Tränen aus Mathildens, Nathaliens und Gustavs zärtlichen Augen fallen. Heute erfreue ich mich an seinen langen Weilen und folge gern seinen Abschweifungen und Nebenwegen. Irgendwie gelangt man ja immer wieder auf den Hauptweg, und Augen und Ohren sind einem aufgegangen. Man hat Dinge gehört, gesehen und empfunden, Farben, Geräusche, Stimmungen, die man sonst gar nicht mehr wahrnimmt: das Knistern vereister Tannennadeln, einen Himmel wie der goldene Grund alter Gemälde, ein Blau in einer Höhle aus Eis, so blau, wie gar nichts in der Welt ist, viel tiefer und schöner als das Firmament, gleichsam himmelblau gefärbtes Glas, durch welches lichter Schein hineinsinkt.

Stifter erzählt meist Geschichten, in denen nichts Ungewöhnliches vorkommt, und die man doch nicht vergisst. Mir gefällt, dass er so unflotte, manchmal auch unelegant daherholpernde, fast rührend umständliche Sätze schreibt und solche, die einen ruhig, traurig und glücklich machen, über denen ein sanftes, melancholisches Leuchten liegt.

2. Dezember

»Es gibt Menschen, auf welche eine solche Reihe Ungemach aus heiterem Himmel fällt, daß sie endlich dastehen und das hagelnde Gewitter über sich ergehen lassen.« Auch das ist ein Stifter-Satz, und ich habe das Gefühl, als sei er für mich geschrieben worden. Denn das Ungemach liegt schon im Briefkasten.

Ich hole die Morgenzeitung, werfe Wirtschafts-, Immobilien- und Anzeigenteil fort und vertiefe mich in den Rest. Stoffele rollt sich auf der Flokatibrücke herum, die ich eigens für ihn angeschafft habe, weil schwarz auf weiß so attraktiv aussieht. Allerdings ist sie nicht mehr besonders weiß, weil er es für unter seiner Würde hält – und er hat eine große, bedeutende Katerwürde –, sich die dreckigen Pfoten abzuputzen, wenn er hereinkommt. »Was gibt's Neues?«

Ich teile ihm mit, unsere Landfrauen hätten den ersten Preis im künstlerischen Strohskulpturenwettbewerb gewonnen. Für den Bär. Ich weiß, es müsste ›für den Bären‹ heißen, aber ›für den Bär‹ klingt entschiedener, straffer, einfach stark. Der zweite Preis sei an die Trachtenkapelle für deren Bremer Stadtmusikanten gegangen, der dritte an die Narrenzunft »Tannenzäpfle« für ihre Igelfamilie. »Ach, du meine Güte!«

»Warum kopfschüttelst du?«

»Wegen der Menschheit.«

»Sehr richtig! Da kann man nur mitschütteln.« Stoffele schüttelt – nein, nicht den Kopf, das tut seinesgleichen nicht, sondern die Pfote, was, wie jeder Katzenmensch weiß, Kritik anzeigt.

Die verrohe immer mehr, sage ich, komme ganz und gar auf den Hund. Stoffele sieht das auch so. Die auf den Hund gekommene Menschheit bestätigt ihn in seiner Meinung über uns, die nicht immer sehr schmeichelhaft ist. Denn mein Kater hält keineswegs den Menschen für die Krone der Schöpfung, sondern jemand ganz anderen.

»Ich mein's literarisch. Weil der Mensch immer weniger Gutes, Wahres und Schönes lesen will. Nur noch Krimis, in denen sich die Leute sehr unfreundlich benehmen. Am liebsten bringen sie einander um, wobei sie eine Fantasie entwickeln, die, wie man gern sagt, einer besseren Sache würdig wäre. Ohne Krimi geht der Mensch nicht mehr ins Bett. Sogar in meinem lieben ›Bücherstüble‹ in Waldshut stapeln sich die Kriminalromane. Auch bisher friedliebende, eher bählammige Autoren haben Blut geleckt und morden eifrig mit. Und als ob das nicht genug sei, will er noch einen.«

»Der so arg auf den Hund gekommene Mensch?«

»Ein Verlag.« Der, erkläre ich, schreibe einen Krimiwettbewerb aus und fordere jeden, der Lust und einen Computer habe und der Sprache auch nur annähernd mächtig sei, auf, daran teilzunehmen.

Mein Kater legt den Kopf auf die Pfoten, zwickt die Augen zu und pennt.

»Ich penne nicht. Ich grüble gedankenvoll.«

Stoffele also grübelt gedankenvoll. Dann: »Was kriegen wir, wenn wir einen Krimi schreiben?«

»Nichts. Aber wenn wir gewinnen, wird aus dem Krimi ein Buch und wir werden berühmt.«

»In Oberweschnegg?«

»Weit über Oberweschnegg hinaus.«

»Vielleicht auch in – Unterweschnegg?«

»Und in Tiefenhäusern. In Bannholz. In Faulenfürst, Bierbronnen, Brunnadern und in Schluchsee, in Sankt Blasien, Todtmoos, Todtnau und vielleicht sogar in Titisee und Hinterzarten.«

Stoffele rollt sich herum. »Den Schreibkerl haben wir.«

»Aber die Lust nicht. Außerdem passiert hier rein gar nichts. Uns flieht jedes Verbrechen. Jetzt könntest du hinausgehen und Vögeles Hühner ärgern.«

»Die hocken im Stall und gackern rum, die Blödhühner.«

»Dann ärgere jemand anderen. Ich will wenigstens einmal in der Woche in meinem lieben alten Sessel sitzen und lesen.«

»Eine Geschichte mit einem schwarzen Kater drin?« Er umschleicht auf Lauertatzen den Sessel.

»Es gibt auch einige wenige Bücher ohne schwarze Kater. Ich lese gerade ›Der Untergang des Abendlandes‹.«

Stoffele setzt zum Sprung an. Diesmal bin ich schneller, lass mich in den Sessel fallen und schlage demonstrativ das Buch auf.

»Wo ist das Abendland?«

»Wir sitzen mittendrin.«

»Du sitzt auf meinem Sessel!«

»Der steht in Oberweschnegg, das gehört nun mal zum Abendland. Wo ist meine Brille?«

»Unter deinem Hintern, du hast dich ein bisschen draufgesetzt. Wann geht es wieder auf, das Abendland?« Er legt sich auf die Fußbodenfliesen neben dem Teppich. Ich biege das Gestell zurecht. »Es denkt nicht dran. Weg ist weg. Und jetzt gib Ruh.«

Stoffele gibt nie Ruh. Schon gar nicht auf Befehl. »Wohin geht es unter?«

»Ich vermute, es fällt ins Wasser.«

»Ziemlich kalt hier unten. Ich glaub, ich krieg einen Schweineschnupfen. Schnupfen enden gern tödlich. Besonders bei schwarzen Katern. Warum geht das Abendland unter?«

»Du kriegst keinen Schnupfen, du bist pumperlgsund. Es schämt sich, das Abendland. Wegen seiner vielen Löcher.«

»Wie kommen die Löcher ins Abendland?«

Ein gewisser Jemand habe sie ihm in den Bauch gefragt, sage ich. Das halte kein Abendland aus. Wenn dann die große Flut hereinbreche, saufe es – blubbblubb-blubb – ab wie ein leckes Boot.

Ich stopfe mir ein Kissen in den Rücken und lege die Beine aufs Tischchen.

Die große Flut kennt er. Die sei doch schon mal da gewesen. Wegen Unanständigkeit, Sauerei, Fraß und Vollstopferei. Bergehohe Wellenberge. Obenauf sei ein archisches Schiff herumgeschwommen, voll bis unters Dach. Das wisse er von dem Pfarrer, bei dem er mal gewohnt habe. Ziemlich dick sei der unten herum gewesen, oben mit abstehenden Ohren, dazwischen der Kopf.

»Tolle Leute kennst du, mein Lieber.«

Man komme ja herum als Kater, sagt Stoffele, sei charakterlich in dem Strom der Welt geschwommen. Habe Erfahrungen erweitert. Horizonte gesammelt. Sich geistig in die Höhe hinaufgebildet, was das Gegenteil von einem Untergang sei. »Kommt die Flut wieder wegen Unanständigkeit, Fresserei und Vollgestopfe und weil der Mensch nix Gutes, Wahres und Schönes lesen will?«

»Lass mich in Ruh, ich möchte vor dem Untergang noch etwas lesen.«

Stoffele hebt die Pfote. »Nix lesen. Apfelbäumchen. Bevor man untergeht, muss man noch schnell eins pflanzen. Weiß ich auch vom Pfarrer. Lesen ist nicht so gut, das Buch wird bloß nass, was dem Bäumchen aber nix ausmacht. Ich übernehme das Buddeln.«

Wenn ich eins pflanzen wollte, sage ich, müsste ich aufstehen. Stünde ich auf, wär er mit einem Satz auf meinem Sessel – drum müssten wir ohne Apfelbäumchen dran glauben. Außerdem sei in zweiundzwanzig Tagen Weihnachten, da pflanze man einen Weihnachtsbaum. Und zwar ins Zimmer. Und ich frage mich, wer die roten Kügelchen vom Adventskranz abmontiert und unter die Truhe gerollt hat, von wo ich sie, auf dem Bauch liegend, mit einem Kleiderbügel wieder hervorangeln musste.

»Ich sauf nicht ab«, sagt mein die roten Kügelchen überhörender Kater, »ich geh in die Arche. Mein Sessel« – giftiger Blick – »muss mit. Das bin ich meinem Hintern schuldig.«

»Schön, also unser Sessel«, sage ich versöhnlich.

Verschärfter Giftblick: »Aber du hockst drauf.«

»Jede Woche etwa sieben Minuten. Höchstens.«

»Auf meinem Kissen!«

»Das Kissen hat meine Oma gestickt, lange bevor du dieses Haus besetzt hast.«

»Aber ich bin stickerisch drauf. Mit Schwanzkringel.«

»Eine böse Vorahnung meiner mit dem sechsten Sinn begabten Großmutter.«

»Lesen ist blöd«, sagt Stoffele. »Ich bin fürs Schreiben.«

»Ich wüsste nicht, was ich schreiben sollte.«

»Ich schon«, sagt mein Kater.

»Und damit du's weißt: Morgen fahren wir zu Doktor Kleinholz. Du kriegst eine Spritze. Deine Flöhe gehen ja schon an mich.«

Im beleidigt Gucken ist Stoffele Meister. Er hat es auch oft genug geübt. »Das war eben aber nicht fein bemerkt!«

»Flohstiche sind auch nicht fein. Die jucken, man muss sich kratzen, und Kratzen ist unanständig.«

»Lohnt sich das überhaupt, wenn das Abendland höchstwahrscheinlich doch bald untergeht, weil es so gelocht ist?«

»Ohne Flohstiche«, erkläre ich, »geht es sich würdevoller unter.«

»Ich bin für eine kleine Stärkung. Hält das Abendland noch so lange durch?«

Ich verlege, in der Gewissheit, es werde doch nichts mehr draus, die Lektüre auf den späten Abend. »Hoffen wir's. Wenn wir vorher verhungerten, hätte es auch nichts davon. Weißt du, was ich jetzt tu?«

»Anfangen. Mit dem Krimi.«

»Den kannst du vergessen. Ich backe. Wir haben erst drei Sorten Weihnachtsgutsel.«

»Nicht ohne mich!« Stoffele rennt voraus in die Küche. »Mach Kater!«

Ich besitze nämlich eine ansehnliche Weihnachtsgutselausstecherförmchensammlung. Viele sind noch von meiner Oma, aber ich hab immer wieder neue dazugekauft, Stoffele zuliebe drei Katzen, von denen er behauptet, es seien Kater. Einer sitzt stolz und aufrecht da, einer liegt und pflegt der Ruhe, einer marschiert. Letzterer macht es einem nicht leicht, weil sein aufgestellter Schwanz gern abbricht, löst man den Kater aus der Form. Auf Stoffeles Befehl hin müssen die Kater schwarz sein, weshalb ich eine ganze Tafel Bitterschokolade in den Teig rasple. Auch achtet er streng darauf, dass jeder einen weißen, mit Puderzucker und Orangensaft aufgemalten Schwanztüpfel kriegt.

Die Kater sind gebacken. Nun kommen sie auf den Kaminbalken, und da hocken, stehen und liegen sie nun, sehen prächtig aus, und Stoffele nimmt mehrmals am Tag die Parade ab.

3. Dezember

Was ich gestern über Flöhe sagte sowie ein paar wenig taktvolle Bemerkungen des Tierarztes über Würmer bewirken, dass Stoffele, entfloht, entwurmt und stockbeleidigt, nach der Aktion in seinem Körbchen dringend der Ruhe pflegen muss. Übrigens pflegt er bemerkenswert oft der Ruhe. Da ich ihn ausgiebig bedauere, geht es ihm nachmittags aber sichtlich wieder besser. »Damit du's weißt« – er streckt sich –, »wir ziehen um. Mein Schwanz will fort, und ich geh mit. Ins Morgenland.«

»Ohne mich. Hier bekomm ich jeden Samstag frische glückliche Eier und im Sommer freundliche grüne Bohnen. Im Herbst schenkt mir die Nachbarin Dahlienknollen der Sorte ›Roter Riese‹, reich blühend und extrem widerstandskräftig. Dass der Schneepflug mir gestern einen meterhohen Wall vor die Garageneinfahrt geschaufelt hat, ist nicht lieb von ihm, aber das macht er bei allen anderen genauso. Er ärgert sich halt, dass er so früh und selber seinen Schnee wegräumen muss. Deinem Schwanz hat es bisher auch gefallen. Wir bleiben.«

»Ich will aber nicht absaufen. Es ist wie bei einer

Schaukel. Schnappt das Abendland hinunter, geht das Morgenland hinauf. Wir sitzen im Trockenen, während dein reich blühender Widerstandsriese nasse Füße kriegt.«

»Und wenn das Morgenland auch untergeht?«

»Du meinst«, fragt er besorgt, »dass auch ins Morgenland jemand Löcher bohrt?«

»Auch dort gibt's Kater. Denk an deinen Urururur-urururur –«

Nach kurzer Überlegung entscheidet Stoffele sich doch lieber für die Arche. »In der machen wir's uns gemütlich. Bis der Vögelesgockel kräht, der ein besonders reich krähender ist.«

»Warum sollte Vögeles Gockel in unserer Arche krähen?«

»Nicht in, sondern auf. Dort hockt er und guckt sich um. Sieht er Land, kräht er. Wie der damalige Archengockel.«

»Der damalige Gockel war, nach Auffassung der Theologen, eine Taube, lieber Stoffele. Der Gockel bleibt in Oberweschnegg auf seinem Misthaufen und geht mit dem Abendland unter. Der Kerl kikerikit mich schon jeden Morgen aus dem schönsten Traum. Wenigstens in der Arche will ich ausschlafen. Dort wird erst um halb neun geweckt. Darauf besteh ich.«

»Der Gockel muss mit.«

Ich gebe nach. »Aber höchstens als Verpflegung. Außerdem regnet es noch gar nicht. Es schneit. Vielleicht überlegt das Abendland es sich noch mal und geht in sich statt unter.«

Ich bügle. Der Wäschetrockner hat, von den Unterhosen bis zur Bettwäsche, alles verknittert, was ich nicht lustig finde. Stoffele, der es gern warm hat, liegt mit eingerollten Vorderpfoten – der Katzen- und Katerkenner spricht hier von Müffchen machen – auf der frisch gebügelten Wäsche und will wissen, was in dem Krimi vorkommen wird.

»In was für einem Krimi?«

»In deinem. Weil du einen schreibst.«

Nichts komme drin vor, sage ich. Weil ich, Mord und Totschlag grundsätzlich ablehnend, nicht dran dächte, einen zu schreiben. Außerdem wisse ich nicht, wie das gehe. Doch der Verlag habe genaue Vorstellungen davon, was da rein müsse.

»Mach mal!«

Ich suche die Seite aus der Zeitung und lese: »Unverzichtbar für einen auszuzeichnenden Krimi sind in unseren Augen Action, Sex, Spannung, knallige Härte sowie der Duft der großen weiten Welt. Als Schauplatz käme der Dschungel der Großstadt infrage oder irgendein anderer Dschungel, gern mit weihnachtlichem Flair. Bezüglich der Hauptfiguren haben wir folgende Wünsche: Die Heldin soll sich allmählich aus patriarchalischen Bindungen befreien – sieht doch unser Verlag seine vornehmste Aufgabe darin, die Situation der Frau und ihre Unterdrückung und Verfügbarmachung durch das Herrschaftsinstrument einer männlich geprägten Sprache seinen toleranten Leserinnen und Lesern einsichtig zu machen. Die schicksalhafte Begegnung mit einem ganz besonderen, sinnlich-dynamischen Helden fördert den Prozess ihrer Emanzipation. Wir denken an ein Verbrechen aus Leidenschaft oder sonst was nie Dagewesenes, jedenfalls an ein Thema von brennender Aktualität, mit anderen Worten, an etwas Bleibendes.«

»Du schreibst also was noch nie Dagewesenes aus bleibender Leidenschaft«, erklärt Stoffele. »Was ist die unterprägte Verfügbarung der sprachlichen Herrschaftsfrau?«

»Das bedeutet, dass man nie von Lesern sprechen darf, sondern nur von Lesern und Leserinnen. Sonst sind diese sauer, lesen nicht weiter, und der Verlag sitzt auf verschimmelten Büchern und heult. Oder man erwähnt immer Schurken und Schurkinnen, Päpste und Päpstinnen, Maikäfer und Maikäferinnen, weil die ›innen‹ sonst beleidigt sind. Und die sind in der Mehrzahl. Kater – menschliche Kater – gelten als lesefaul.«

Ich fülle ein Glas mit Wasser und zittere es in die Öffnung des Dampfbügeleisens. Das meiste geht auf den Teppich.

Stoffeles Augen blitzen. »Was Knallhartes schreibst du. Von brennender – also irgendwas zünden wir an.«

»Erstens ist mir der Duft von Frau Vögeles Misthaufen lieber als der Duft der großen weiten Welt, zweitens genier ich mich leicht, was für literarischen Sex schlecht ist, und drittens hab ich's gern friedlich.«

»Was ist das weihnachtliche Dingsbums?«

»Das ist das Flair. Der Krimi soll in einer weihnachtlichen Atmosphäre spielen. An Weihnachten, glaubt der Verlag, sind die Leute erfreulich aufgeschlossen für Mord und Totschlag.«

»Dann stopfen wir ein paar Engel rein, ein paar Kerzen, ein paar Heiligedreikönige und Kamele und solche Sachen. Aber meine schwarzen Kater nicht.«

»Schluss jetzt! Sonst verzittere ich noch mehr Wasser, und dann rückt der Untergang des Abendlandes wieder um einiges näher.«

Aus dem erhofften ruhigen Abend wird nichts. Stoffele, als Kater schneller Entschlüsse, hat schon über mich verfügt. »Jetzt wissen wir, was im Krimi vorkommen soll.«

»Ich hab dir gesagt, ich denk nicht dran.«

Er pfotet alle störenden Einwände weg. Am wichtigsten sei der Held. Der müsse was Besonderes sein. Gescheit. Mutig. Schön. Und er müsse die richtige Farbe haben und sich zwischen den Zehen schlecken können. Was er mir gleich vorführt. »Ich an deiner Stelle tät mir schon mal was ausdenken, was Krimihaftes, während ich an meiner Stelle mir die Pfoten vertrete. Dabei kommen mir immer ziemliche Gedanken.«

»Aha. Was sind ›ziemliche Gedanken‹?«

»Großartige Katergedanken. Tür auf!«

»Selbst ist der Kater. Ich lese.«

Stoffele wirft mir einen unfreundlichen Blick zu, erweitert mit der Pfote geschickt den schmalen Türspalt, schiebt sich hindurch, pinkelt, ich seh's vom Fenster aus, den Schneemann an, den die Nachbarsenkel gebaut haben, und verschwindet hinter der Tannenhecke.

Während er sich draußen die Pfoten vertritt und sich dabei ziemlich großartige Katergedanken macht, gebe ich mich in meinem Sessel der Lektüre hin. Die FAZ hat mich zu dem neuen Buch angestiftet, von dem ich mir mehr Zukunftsperspektiven erhoffe als von Herrn Spengler, dem schwarzseherischen Verfasser des untergehenden Abendlandes. Ein Buch über das, was die Welt im Innersten zusammenhält, was ich, da bin ich wie Faust, schon immer wissen wollte. Es gab eine Zeit, da hatte der liebe Gott meine Welt zusammen- oder vielmehr in väterlichen Händen gehalten. Später war er mir abhandengekommen, erst der ›liebe‹, dann Gott, weiß Gott, wohin – die »Bachkantate« höre ich aber trotzdem, wegen Bach –, und an seiner Stelle gähnt nun ein Loch – schon wieder eins! –, das zu stopfen der amerikanische Autor sich anschickt, laut vorderem Klappentext ein Mann von kosmischer Intelligenz. Wobei ich statt »kosmisch« zunächst »komisch« lese. Das gefällt mir. Eine komische Intelligenz – das wär's doch! Wir könnten viel mehr mit einer komischen Intelligenz gesegnete Zeitgenossen brauchen. Und der mir abhandengekommene liebe Gott besitzt sicher eine besonders komische Intelligenz, hätte er sonst den Menschen erschaffen? So ganz verstehe ich ja nicht, was der Autor entdeckt hat, weil meine Intelligenz nicht besonders kosmisch ist, doch der hintere Klappentext erklärt mir, dass aus der Verschmelzung von Relativitätstheorie und Quantenmechanik in absehbarer Zukunft die endgültige Theorie hervorgehen und mit ihrer unbegrenzten Gültigkeit, Vollständigkeit und Widerspruchsfreiheit alle heutigen Universaltheorien in den Schatten stellen werde. (Den Satz habe ich abgeschrieben, weil ich so einen nie hinkriegen würde.) Dass die Entdeckung der Wahrheit unmittelbar bevorstehe. Doch dann –

»Unglaublich!« Stoffele liegt auf dem Fensterbrett. »Un-glaub-lich!«

»Du bist ja schon wieder da!«

»Wenn ich erfrier, hast du nix davon. Allein kriegst du den Krimi nie hin. Komm, gucken!«

»Ich weiß, was du siehst, mein Lieber. Ein Christbaum rechts, ein Christbaum links und einer in der Mitten, ein ganz hektischer Kerl, geht immer an und aus, wenn der ein aufgeregtes Kind wär, bekäm er als Medizin Ritalin. Fast in jedem Garten steht so ein Baum, und alle leuchten hemmungslos, obwohl noch

Advent ist. Ich hab was gegen Christbäume, die noch gar nicht dran sind. Zu meiner Zeit –«

»Ich guck was anderes«, sagt Stoffele.

»Mephistopheles, du störst! Es geht gerade um die Wahrheit, und zwar unmittelbar. Um die Wahrheit als solche.«

»Säuft die auch mit dem Abendland ab?«

»Ich lese jetzt was anderes, was Kosmisches. Sind dir draußen ein paar großartige Katergedanken gekommen?«

»Klar. Aber ich hab ihnen gesagt, sie sollen später wiederkommen, erst muss ich den Zottel verhauen.«

»Warum?«

»Darum. Dann hat Zottel mich verhauen, und dann haben wir ans Auto von Herrn Zottel gepinkelt. Er vorne, ich hinten.«

Zottel ist der Kater, bei dem die Nachbarn wohnen und der auch so aussieht. Aber auch die Nachbarn selber nenne ich Zottel, obwohl sie nicht so aussehen und auf ihrem Türschild keineswegs »Zottel« steht. Doch es hat sich bei uns eingebürgert, dass die Leute nach ihrem Kater oder ihrer Katze heißen. Kommt die Nachbarin zu mir, kommt sie zu Stoffeles. So viel zu Zottel.

»Unglaublich!«, wiederholt mein Kater.

Dann fällt mir ein, dass die Sache mit der Wahrheit auch ihre unerfreuliche Seite hat. O Gott, denke ich aus alter Gewohnheit, im Grunde ist das doch eher zum Fürchten als zum Jubeln. Die Wahrheit, nichts als die Wahrheit – wie ungemütlich! Wo einem Wahrheiten doch fast immer um die Ohren gehauen werden! Aber dann lese ich beruhigt, dass Mister Steven Weinberg, obwohl Amerikaner, diese Wahrheit noch nicht ganz im Griff hat, dass irgendein Schleier sie noch gnädig verhüllt wie das geheimnisvolle Bildnis von Sais, dass das Welträtsel offenbar noch nicht endgültig gelöst ist. Wenigstens nicht in diesem Kapitel des »Traums von der Einheit des Universums«, wie das Buch heißt.

Ich schlag es zu. Soll es doch ein Traum bleiben. Sind Träume nicht viel zu schade, um in Erfüllung zu gehen? Wie stünde er denn da, der Mensch, traum- und sehnsuchtslos?

Abend ist es wieder.

»Guck zum Fenster 'naus!«, befiehlt Stoffele.

»Den Trick kenn ich. Ich steh auf, du machst einen Satz, hockst auf meinem Sessel, und ich guck in den Mond.«

»Über den Mond. Dort ist es, das Unglaubliche. Außerdem ist das ein Katersessel. Zum Sichdrinzusammenrollen, zum Schnurren, Müffchen machen und Grübeln. Kannst du schnurren? Kannst du Müffchen machen? Grübelst du? Und er ist blau, wie der Thronsessel von meinem Urururururgroßkatervater, was eine Farbe nur für schlaue Leute ist. Mit Blau um dich rum siehst du aus wie ersoffen in der großen Flut aus dem letzten Abendlanduntergangsbuch, die bald kommt, obwohl du jetzt was Komisches liest –«

»Was Kosmisches!«

»– weil die Löcher schon drin sind im Abendland und viel Unanständigkeit, und weil die Flut dir den Sessel unterm Hintern wegschwemmt, was dir ganz recht geschieht, weil du bestimmt noch keine Idee für den knallharten Leidenschaftskrimi hast.«

»Schwätz du nur. Ich sitz gut. Blau gibt mir etwas Kühl-Vornehmes. Und dieser sich blutgierigen Lesern anbiedernde Verlag vergießt keine einzige Träne um den Krimi, den ich nie und nimmermehr schreiben werde.«

»Du hast einen Fleck auf der Hose, was der Hose vom schwarzen Heiligendreikönig nicht eingefallen wär. Und jammer mir nachher nicht vor, dass ich dir nix gesagt hätt. Weil du nicht gesehen hast, was ich gesehen hab. Du willst ja nur in meinem Sessel hocken, wo du nicht mal schnurren kannst, was mein letztes Wort ist. Gut Nacht!«

Stoffele rollt sich wieder zusammen und fängt an, heftig zu schnarcheln.

»Du tust nur so. Dein rechtes Auge ist nicht ganz zu. Du guckst, ob ich guck. Aber ich guck nicht.«

Seine Pfote zuckt. »Ich schlaf. Ganz fest. Gerade träum ich einen Traum. So einen hast du noch nie geträumt, weil du so einen gar nicht hinkriegst als armer Mensch. So hoch wie ich träum, kommst du nie!«

»Vom Mann im Mond?«

»Nix Mann. Im Mond gibt's nur den Mondberg-Uhu. Das weiß ich von dem mit den vielen Büchern. Ein saumäßig gebildeter Mensch. Er streckt sein eines Bein in die Sonne, das andere in den Schatten vom Mond. Nicht der Mensch. Der Uhu.«

»Nix Uhu. Der Mond gehört dem Mondschaf. Es ist nämlich so:

Das Mondschaf steht auf weiter Flur.
Es harrt und harrt der großen Schur.
Das Mondschaf.«

Stoffele, feindselig: »Der Mondberg-Uhu!«

Ich, eiskalt: »Das Mondschaf!«

Er: »Uhu!«

Ich: »Schaf!«

»Uhuuuuuuuuh!«

»Määäääääääääääääh!«

»Noch mal!«, verlangt Stoffele. »Weil's so schön war.«

Also uhuhen und mähen wir noch mal. Es klingt gut. Ein drittes Mal mag ich aber nicht.

»Wo sind wir stehen geblieben?«, fragt Stoffele.

»Ich hab ›Mäh‹ gesagt.«

»Das kann jeder sagen«, erklärt mein tief schlafender Kater.

»Das sagt nicht jeder, das sagt der Morgenstern.«

»Vom Stern träum ich gerade.«

»Es würde ihn bestimmt freuen, von einem Kater wie dir beträumt zu werden, wenn er sich noch drüber freuen könnte. Doch leider ist er tot.«

»Der ist nicht tot. Der ist weg. Steht nicht mehr da, wo er gestern war. Und er heißt nicht Morgenstern, sondern –«

»Er redet irre«, sage ich zum Bücherschrank hin, »nehmen Sie's ihm nicht übel, Herr Morgenstern« – der steht zwischen Mörike und Thomas Mann –, und schlage den kosmischen Mister Weinberg an irgendeiner Stelle wieder auf und lese: »Je begreiflicher uns das Universum wird, umso sinnloser erscheint es auch.« Ich haue Mister Weinberg zu.

Stoffele auf der Fensterbank schnarchelt, was das Zeug hält.

»Schad, dass du so fest schläfst. Sonst würd ich nach deinem albernen Stern fragen. Dann les ich halt weiter. Wusstest du, dass es sie doch gibt, die physikalische Weltformel, und dass der Autor dieses Buches drauf und dran ist, sie zu finden?«

»Ich erwache.« Stoffele blinzelt und gähnt. »Hab gerade geträumt, du willst den Stern sehen.«

Ich stelle die Schale mit den Äpfeln auf den Sessel und gehe zum Fenster. »Welcher ist es denn?«

Stoffele deutet mit der Pfote himmelwärts. »Der da. Genau zwischen den zwei Wolken. Über dem Mond.«

Ich verrenke mir den Hals. »Ich seh nichts.«

»Doch. Ein Loch. Weil er ja weg ist. Wegge Sterne sieht man nur als Loch. Wie der wegge Ellbogen im Pullover in meinem Körbchen. Und er war sonst immer da.«

»Woher weißt du das?«

»Er ist ja nicht irgendwer«, sagt Stoffele bedeutungsvoll. »Er ist ein hochberühmter Stern. Der Stern ganz hinten am Schwanz vom Großen Kater.«

»Mephistopheles! Das reicht! Außerdem heißt es ›am Schwanz des Großen Katers‹. Genitiv.«

»Das ist dem Großen Kater egal, den du nicht kennst, wo der doch alle wichtigen Katergeister und -dichter saumäßig erschüttert hat.« Stoffele schlenkert geringschätzig die linke Pfote, wie er es tut, wenn ihm irgendwas am Essen nicht passt. »Mit Dichtern kenn ich mich nämlich aus. Mit denen steh ich auf vertrauter Pfote. Bei dem Mann mit den vielen Büchern hängen welche rum. Ein paar sind oben am Kopf ganz haarig, ein paar unter der Nas. Einer hat einen Riesenschnauzer und einer Grünzeug um den Kopf gewickelt. Dichten können sie aber nur, wenn sie auf einem Gaul hocken.«

»Das ist der Pegasus. Der ist kein Gaul, der ist ein edles Pferd. Er ist, wenn ich mal so sagen darf, des Dichters Porsche.«

»Der Pferdegaul hat Flügel. Und manchmal schmeißt er ihn runter. Einer von den Dichtern hat gesagt: ›Du musst dein Leben rumdrehen.‹ Mit vor Ehrfurcht bibbernder Stimme, als er den Großen Sternenkater zum ersten Mal gesehen hat.«

»›Erblickt‹ ist in diesem Fall angebrachter als nur ›gesehen‹, lieber Stoffele. Noch besser wäre ›geschaut‹. Immerhin handelt es sich um Rainer Maria Rilke, und wenn einer dichterhaft guckt, dann er, der es allerdings so formulierte: ›Du musst dein Leben ändern.‹ Und er hat nicht deinen Sternenkater gemeint, sondern einen lädierten griechischen Marmorgott ohne Hand und Fuß.«

»Sei nicht so pingelig. Ein anderer berühmter Dichterkater hat gesagt: ›Der gestirnte Kater über mir und das marolische‹ – wie heißt das Ding doch gleich wieder?«

»›– und das moralische Gesetz in mir‹«, sage ich, »›erfüllen mich mit Ehrfurcht‹. Oder so ähnlich. Hat Kantkater auch gebibbert?«

»Geschauert. Und dann hat er gesagt: ›Diene allen Katern und behandle sie so maximalisch, dass sie Grund haben, im Allgemeinen mit dir als Mensch zufrieden zu sein.‹ Das ist der berühmte Katergorische Impiv. Hab ich alles von dem Büchermann.«

»Auch der ist mir etwas anders in Erinnerung. Und außerdem ist das ein grauenhafter Kalauer, den ich nicht gehört haben will.«

»Ist dir schon was Knallhartes, nie Dagewesenes eingefallen für deinen Krimi?«

»Ich geh ins Bett, noch ein bisschen lesen. ›Aus der Mappe meines Urgroßvaters‹.« Ich knipse das Licht aus und gehe zur Tür.

Stoffele mir nach. »Hat der auch einen Krimi geschrieben, mit Leidenschaftsäkschen und solchen Sachen?«

Ich steige die Treppe hinauf. Dritte Stufe: »Nein, so heißt eine ruhig dahinfließende Erzählung von Stifter.« Fünfte Stufe: »Und ich mag grundsätzlich weder knallige Härte noch Äkschen.« Siebte Stufe: »Und ich lese noch grundsätzlicher keinen Krimi.« Neunte Stufe: »Und ich werde am grundsätzlichsten keinen Krimi schreiben.« Ich öffne die Tür zum Schlafzimmer.

»Und wenn doch?«

»Dann, mein lieber Mephistopheles, soll mich der Teufel holen. Schwanz weg! Pfoten weg!« Ich hau die Tür zu.

Empörtes, leiser werdendes, sich entfernendes Maunzen.

Über dem folgenden, nicht im geringsten knallharten Stiftersatz schlafe ich dann glücklich ein: »Ich sah auf den fernen blaulichen Wald, der mit seinen Zacken an dem Himmel dahingeht, an dem die Gewitter und Wolkenbrüche hinabziehen, und der so hoch ist, daß ich meinte, wenn man auf den höchsten Baum desselben hinaufstiege, müßte man den Himmel angreifen können…«

4. Dezember

Die gelbe Bienenwachskerze brennt, nachdem ich sie ermahnt habe, bloß nicht nervös herumzuflackern, dafür sei sie zu teuer gewesen, still und brav vor sich hin. Da ich einen Kerzenfimmel habe, brennen bei mir an und um Weihnachten herum oft Kerzen. Ihr honigsüßer Duft vermischt sich auf das Lieblichste mit dem frischgebackener Kokosmakronen, die ich gleich nach dem Backen mit Bitterschokolade überzogen habe, was die Makronen und ich besonders mögen. Das Üble an der Schokoladenschmelzer- und Überzieherei ist nur, dass ich hinterher die halbe Küche putzen muss, weil alles bäbbt (hochdeutsch »klebt«), am meisten ich selber.

Stoffele hängt die Pfoten über das Kissen, das ich auf seinen Befehl hin auf den Sessel gelegt habe, und belehrt mich über den Großen Kater, den ich bisher nicht habe sehen können, weil ich, wie die meisten Menschen, mit Blindheit geschlagen sei, wenn es um Wesentliches gehe. »Er ist das erhobenste, erhabenste, erhebendste, strahlendste, urälteste Sternbild, das es gibt. Vom lieben Gott höchstgöttlich und eigenpfotig geschöpft.«

»Und so werden wir auch keinen Anhaltspunkt finden für einen Gott, der sich für solche Dinge interessiert«, erkläre ich.

Stoffeles Schwanzspitze protestiert heftig. »Red nicht so saudumm daher!«

»Das sage nicht ich, das sagt Mister Steven Weinberg, der das Buch vom ›Traum der Einheit des Universums‹ geschrieben hat. Beileibe kein Irgendwer, sondern ein Amerikaner, der es wissen muss, schließlich haben die Amis die Micky Maus erfunden, Coca-Cola und den Kaugummi.«

Stoffele schlenkert verächtlich die Pfote. »Dieser Nixwaswisser! Der liebe Gott ist nämlich ganz verrückt nach Katern. Und wer Kater so liebt, den muss es doch geben, oder? Der Weinberg« – er zieht die Lefzen hoch und zeigt seine Reißzähne – »ist ein Katerhasser.«

»Woher willst du das wissen? Du siehst aus wie Graf Dracula mit Schnurrbart.«

»Das liegt doch auf der Pfote. Der Weinberg mag den lieben Gott nicht. Der liebe Gott mag Kater. Also mag der Weinberg auch keine Kater. Ganz grün zerfressen vor Neid ist der, weil doch die Welt für die Kater gemacht ist und nicht für ihn. Wer ist Graf Dracula?«

»Ein Vampir. Die Welt für die Kater?«

»Klar! Mit Mäusen, die man jagen, mit Vögeln, die man rupfen, mit Fleischbüchsen, die man wegputzen, mit Bäumen, auf die man klettern, mit Sesseln, auf denen man sich rumfläzen kann, mit Kühen, die extra für Kater Milch machen, und der Sonne, die für alle Kater und Katerinnen scheint. Und warum ist sie rund, die Welt?«

»Weil sie so besser aussieht.«

»Damit man sie vor sich herrollen kann. Der Kater ist rund, die Welt ist rund. Der Kater ist also die Welt.«

Da muss ich einiges zurechtrücken. »Ich protestiere im Namen der Menschheit. Für uns hat der liebe Gott die Welt gemacht. Ihr seid mehr zur Verzierung da. Oder zur Strafe, je nachdem.«

Stoffele protestiert im Namen der Kater. »Macht euch die Menschen untertan, hat er gesagt. Die Menschen sind dazu da, euch zu bedienen, zu streicheln und zu bewundern. Alles für den Kater! Und dann hat er die Welt seinen lieben Katern zu Pfoten gelegt. Das weiß doch jeder Kater. Die Welt ist einfach, einleuchtend und katergemäß. Was ist ein Vampir?«

»Ein Vampir lechzt nach Blut, fliegt nachts herum, sucht sich ein Opfer, haut ihm die Zähne in den Hals und saugt es aus.«

Stoffele macht Gluhaugen. »Wie in einem Krimi, was?«

»Ich will das Wort Krimi nicht mehr hören. Solange du die Pfoten unter meinen Tisch streckst.«

»Ohne Kater wüsst man nicht, wofür die ganze Schöpferei gut sein soll. Mit Katern weiß man's. Wir Kater waren ja auch die Ersten.«

Ich staune. Im Religionsunterricht hatte ich nichts dergleichen gelernt, auch Teilhard de Chardin, Stephen Hawking und Professor Lesch, der mir jede Woche in Bayern Alpha die Welt erklärt, sehen die Sache etwas anders. »Mister Weinberg widerspräche dir. Am Anfang, schreibt er nämlich –«

»Ha!« Stoffeles Augen funkeln. »Der hat ja keine Ahnung vom Anfang, weil er gar keinen Stammbaum hat als Ami. Ganz am Anfang, vor der Welt, da war noch gar nix da. Nicht mal Oberweschnegg. Alles saumäßig wüst und leer. Kein Fitzelchen von einem Kater zu sehen. Drum war alles stinklangweilig und furchtbar öd, und man hat keinen Mucks gehört. Ach, wenn ich nur einen Kater hätt! hat der liebe Gott gejammert, der katerseelenallein über dem Schluchsee, wo du immer baden gehst –«

»Damals gab's noch keinen Schluchsee, Stoffele. Nur Wasser, nix als Wasser. Ein Urmeer.«

»Also katerseelenallein ist er hin und her geflogen, das Urururururmeerwasser hat getohut und wabohut, und er hat die Hand über sein eines Auge gelegt und –«

»Wieso über sein eines Auge?«

»Mein Pfarrer hat immer vom Auge Gottes geredet, das alles sieht, auch wenn's Kuhnacht ist. Er hat also die Hand über sein scharfes Einauge gelegt und in der Gegend rumgespäht nach etwas mit spitzigen Ohren und einem herrlichen Schwanz. Dann hat er geseufzt. Gottserbärmlich.«

»Er hatte doch einen Haufen Engel.«

»Die haben ihn ganz kribbelig gemacht. Sind alle um ihn rumgeflattert: großflügelige Engel und kleinflügelige, ganze Engel und halbe Engel, die sich mit den Ellbogen immer an kleine dicke rosarote Wolken lehnen und unten ohne sind. Die gucken ziemlich blöd. Engel mit Harfen, Engel mit Geigen, Engel mit Trompeten und Klavier und Mundharmonikas, und ein paar haben auf dem Kamm geblasen. Engel mit dicken Backen und Ärschen, Engel mit gefalteten Händen und nach oben verdrehten Augen, die lieber einen Krimi lesen täten als ihre heiligen Spruchbänder. Engel sind nämlich scharf auf Krimis. Der liebe Gott hat wieder geseufzt. Gottsjämmerlich. Wie halt ich dieses Geflattere, Gejuchze und Geklimpere bloß aus?, hat er gesagt. Und immer noch keine Spur von einem Kater! Nicht so toll, meine Engel.« Stoffele schüttelt verächtlich die Pfote. »Oder hast du schon mal einen Engel schnurren hören? Eine Maus fangen sehen? Hast du schon mal einen gestreichelt? Engel streicheln sich schlecht, weil sie kein Fell haben. Und mit der Sauberkeit haben sie's auch nicht besonders.«

»Mephistopheles!«

»So ein Engel kann sich nicht mal zwischen den Zehen schlecken«, bricht es voll tiefster Verachtung aus ihm heraus. »Den Hintern auch nicht. Auch die Flügel können sie sich nicht abschlecken, damit die immer schön glänzen und alle Federn richtig übereinanderliegen. Und wenn sie es probieren täten, kämen sie gar nicht um sich rum, wie ich um mich, und du kannst froh sein, dass du keinem Ferkel von Engel zugelaufen bist, sondern einem anständigen Kater, der sich immer putzt. Wozu ist so ein Engel überhaupt gut, außer zum Rupfen, wie die Vögeleshühner? Die legen wenigstens Eier. Legen Engel Eier?«

Ich überfliege in Gedanken, was ich von Engeln weiß. Viel ist es nicht, kenne ich doch nur – und auch das bloß vom Hörensagen, denn Engel meiden mich – botschaftsüberbringende, ehreseigottinderhöhesingende, flammenschwertschwingende Engel, mit denen nicht gut Kirschen essen ist und mit denen man – auch das kommt vor – sogar Ringkämpfe ausfechten muss. Und Engel stören. Das Auftauchen eines Engels verheißt fast immer Unannehmlichkeiten und steht der lustvollen Selbstverwirklichung entschieden im Weg. Das Umsichherumkommen zwecks Flügelputzete und das Eierlegen scheint mir jedoch nicht des Engels erste Pflicht zu sein.

»Na ja«, meint Stoffele, »vielleicht werden sie noch. Mein Katzengel ist ja ein ganz netter Kerl.«

Der Katzengel muss erklärt werden. Zuerst hab ich Stoffele diesen Katzengel nicht abgenommen, aber er hat meine Zweifel beseitigt. Pflegt er doch, wie er glaubhaft versichert, mit dem schnurrigen Kerl – der ist halb Engel, halb Kater – in manchen Nächten durch die Gegend zu fliegen und allerhand unfrommen Unfug zu treiben. Bei Thomas von Aquin, dem Fachmann für himmlisches Geflügel, kommt der Katzengel erstaunlicherweise jedoch nicht vor. Vielleicht mochte er auch, anders als der liebe Gott, keine Katzen. »Und dann«, sagt Stoffele, »ist dem lieben Gott eingefallen, dass er ja der liebe Gott ist und machen kann, was er will. Jetzt mach ich mir einen schönen Kater, hat er gesagt. Heißa, juchheia! Dudeldumdei! Aber woraus mach ich den?«

»Aus Dreck«, sage ich, »wie alle Geschöpfe. Staub, Lehm, Dreck!«

Stoffele sieht mich vernichtend an. »Nix da!, hat der liebe Gott gesagt. Für die besseren Sachen nehmen wir Sterne, für Menschen geht auch Dreck. Und der liebe Gott hat sich einen Sternenkater gemacht, einen gewaltig schönen, großmächtigen. Aug um Aug hat er ihn gemacht, Zahn um Zahn, Ohr um Ohr und Pfot um Pfot. Der Schwanz vom Großen Kater ist berühmt. Er ist der längste Schwanz am ganzen Himmel.«

»Der mir bisher entgangen ist.«

»Weil du mit Menschenaugen guckst. Die wichtigsten Sachen sieht man nur mit Kateraugen, was ich vorhin schon gesagt hab. Er hat auch einen Stern auf der Nas, der Große Kater. Aber der ist noch da, der Nasenstern, worüber wir froh sein wollen.«

»Ist mir wurscht. Auf einen Stern mehr oder weniger kommt's nicht an bei der Menge.«

Stoffele fährt zurück und erstarrt. »Es gibt auch eine Menge Kater. Dann kommt's auf einen mehr oder weniger auch nicht an. Ich bin dir also wurscht. Ich, dein lieber, treuer Stoffele, der dir gerade die Schöpfung von vorn bis hinten erklärt hat, was mir erst mal einer nachmachen soll.«

Er legt den Kopf auf die Pfoten und schnieft.

»Aber Stoffele! Sei nicht so grantig! Für mich bist du der einzige und allerwichtigste Kater am Himmel und auf Erden. Ich wollt nur sagen, dass der Stern am Ende vom Großen Katerschwanz mir nicht so viel bedeutet, weil ich ihn nicht persönlich kenne. Komisch, dass die Geschichte vom Großen Sternenkater nicht in der Bibel steht.«

»Was ist das?«

»Ein dickes Buch mit vielen Geschichten.«

»Mit Krimis?«

»Jedenfalls geht's dort manchmal zu wie in einem Krimi. Dein Pfarrer hat bestimmt oft darin gelesen.«

»Ja, kenn ich. Das ist die lustige Botschaft. Auf der kann man prima pennen. Warum ist er nicht drin, der Große Kater?«

»Das müssen wir Herrn Luther fragen. Der hat die Bibel übersetzt.«

»Wohin hat er sie gesetzt?«

»Die Bibel«, erkläre ich, »gilt als Gottes Wort. Der liebe Gott konnte damals aber nur Hebräisch. Und weil hierzulande die wenigsten Leute Hebräisch verstehen, hat Luther sie in unsere Sprache übersetzt. Die Geschichte von der Schöpfung liest sich bei ihm anders.«

»Zeig mal her, den Luther«, verlangt Stoffele.

Ich bringe ihm ein Bild, auf dem Luther zu sehen ist, wie er gerade in seinem Zimmer auf der Wartburg sitzt und die Bibel übersetzt. Ein kurzer Blick, und Stoffele weiß Bescheid. »Luther lügt«, sagt er verächtlich.

»Mephistopheles! Warum sollte Doktor Martinus der Welt etwas vorlügen?«

»Ist doch klar.« Seine Schwanzspitze zeigt auf die Gestalt neben dem Doktor. »Was macht der Luther mit dem?«

»Er wirft ihm das Tintenfass an den Kopf.«

Stoffele guckt düster. »Weil der ihm gesagt hat, dass er lügt. Er hat Schiss.«

»Luther? Schiss? Wovor?«

»Vor der Wahrheit.«

»Aber Stoffele! Der Schwarze dort, das ist doch der Teufel, der Satan, der Belzebub, der –«

»Mephistopheles. Heißt wie ich. Sieht aus wie ich. Schwarzes Fell. Spitze Ohren. Gluhaugen. Schwanz.«

»Aber du verteufelst – verkaterst – verwechselst euch.«

Stoffele schnieft schon wieder: »Schmeißt einem armen, ehrlichen Katerteufel sein Tintenfass an den Kopf. Weil er was gegen Kater hat. Wie der Weinberg. So ist er, der Mensch. Sag ich doch immer!«

»Da könnt was dran sein«, gebe ich zu. »Luther verlangte strikten Gehorsam der Obrigkeit gegenüber.«

Stoffele setzt sich in Positur. »Da hast du's. Kennst du einen, auch nur einen Gehorchkater?«

»Keinen einzigen.«

»Na also. Gehorchkater gibt es nicht. Luther lügt. Wenn du ihn mal triffst, putzt du ihn runter. Aber fest!«

Ich verspreche ihm, Herrn Dr. Martin Luther, sollte er mir übern Weg laufen, fest runterzuputzen, in der Hoffnung, Stoffele gäbe dann Ruh und vergäße, mich abermals an den Krimi zu erinnern, den zu schreiben ich nicht die geringste Lust habe und von dem ich, hätte ich denn Lust, nicht wüsste, was darin passieren könnte.

»Und jetzt fängst du mit dem Krimi an. Ich mach solang ein Nickerchen.«

An Schlaflosigkeit leidet mein Kater wahrlich nicht. Das Geschlecht der Katzen ist wohl lange vor dem Menschengeschlecht draufgekommen, dass Schlafen eine lebensverlängernde, Kräfte erhaltende, die Fantasie fördernde Tätigkeit ist, der man sich nicht oft genug hingeben kann. Wobei Tätigkeit nicht ganz das richtige Wort ist.

Wo der gewöhnliche Mensch einfach nur sagt, dass nun der Abend da sei mit seinen Sternen, da sagt Stifter: »Endlich war ein Abend gekommen, der ungleich seinen grauen Vorgängern so rein und kalt wie eine aus Gold gegossene Kuppel über dem Walde stand und auch blieb, ja des Nachts sich mit einem Übermaß der Sterne füllte, daß man meinte, sie hätten nicht Platz und einer berühre den anderen …«

»Aber dein Stern ist immer noch weg«, stelle ich fest. Ich sitze in meinem Sessel, Stoffele auf dem dummen August – das ist der Fernseher –, und beide betrachten wir den reich gestirnten Himmel.

»Möcht bloß wissen, was dem passiert ist«, sagt Stoffele.

»Vielleicht hat's einen Kurzschluss gegeben, er ist durchgeschmort, kann nicht mehr leuchten und muss warten, bis er wieder repariert wird. So was dauert. Oder er ist in ein schwarzes Loch gefallen. Davon gibt's am Himmel jede Menge.«

»Ist das auch durchlöchert, das Weltall? Wie das Abendland?«

»Ich nehme an, dass es dein Sternenkater war, der die Löcher hineingefragt hat. Ihr seid doch alle gleich.«

»Vielleicht sind es Löcher für Himmelsmäuse«, vermutet Stoffele.

»Was da drin ist in den schwarzen Löchern, weiß man nicht so genau. Gar nichts oder Mäuse oder andere Welten. Mit Katern und Katerinnen und galaktischen Fleischbüchsen und kosmischen Leberwürsten.«

»Und der liebe Gott? Gibt's dort einen Sammelgott für alle? Dann muss der aber rumhetzen! Oder hat jede Welt einen ganz für sich allein? Heißt es dann ›liebe Gotte‹ oder ›liebe Götter‹?«

»Keine Ahnung. Ist mir auch egal. Und den lieben Gott – den unseren – gibt's, wenn es ihn denn gibt, nur in der Einzahl. Wir sind hier nicht bei den alten Griechen, bei denen man ständig einem Gott oder einer Göttin auf die Füße tritt.

Und nun fallen mir die Augen zu. Gleich fall ich ins Bett. Und du?«

»Ich sitz noch ein bisschen gedankenvoll hier und guck mir den Stern an.«

»Der ist doch weg.«

»Ich mein das Loch. Löcher bringen mich immer auf Ideen. Morgen schreibst du einen Brief an den amerikanischen Weinberg. Erklär ihm das mit dem universischen Weltall. Und er soll einen Kater fragen, damit so was nicht noch mal passiert. Wenn überhaupt einer mit ihm redet! Mit dem knallharten Krimi fängst du am besten vorne an, das ist für dich am leichtesten.«

»Am allerleichtesten ist es für mich, überhaupt nicht anzufangen. Außerdem: Ein Krimi müsste gleich auf der ersten Seite loslegen, und zwar mit Karacho, während wir noch im vierten Kapitel friedlich und ohne Karacho herumhocken und über den lieben Gott reden. Da sträubt sich jedem Verlag das Haar. Nein, für den Krimi ist es zu spät.«

Er hebt die Pfote: »Lieber spät als gar nicht.«

Ich hebe die meine: »Lieber gar nicht als spät.«

In Stoffeles Blick liegt Verachtung. So guckt er sonst nur, wenn ich ihm die billigeren Brekkies hinstelle. Ich blicke trotzig zurück. Er verschärft seinen Blick. Ich den meinen auch. Seiner übertrifft an Schärfe den meinen. Er legt die Ohren flach an. Da ich meine Ohren nicht flach anlegen kann, trommle ich mit den Fingern auf die Sessellehne. Er lässt seinen Schwanz peitschen und starrt mich in Grund und Boden.

Ich gebe auf. Wenn dieser Kater sich einmal was in den dicken Kopf gesetzt hat, ist Widerstand zwecklos. Ich denke an den gestiefelten Kater im Märchen. »Hans«, ist da zu lesen, »Hans betrachtete seinen Kater lange. Dann sagte er seufzend: ›Also schön! Ich weiß zwar nicht, wozu es gut ist, aber du sollst die Stiefel, die du unbedingt haben willst, bekommen.‹«

Ich sage, ebenfalls seufzend, denselben Satz, nur dass ich die Stiefel durch den Krimi ersetze.

»Na endlich! Wirst schon sehen. Was Stoffele tut, ist wohlgetan!«

»Ein Krimi, mein Lieber, braucht aber eine Handlung. Einen Fall, wie man sagt.«

»Wo ein Wille ist, ist auch ein Fall. Du schreibst jetzt erst mal alles auf, was in den Krimikuchen reingehört. Die Zutaten, die man rumrühren muss. Dann weißt du, wie's geht.«

Ich schalte stoffeleergeben den Computer an und schreibe auf, was mein Kater diktiert:

»Zutaten für einen noch nie da gewesenen, bleibenden Krimi, nach dem alle sich die Pfoten schlecken:

1) Jede Menge Äkschen, wegen der Spannung, damit keiner wegpennt.
2) Erotisches Zeugs und eine nicht zu knappe Leidenschaft.
3) Irgendwas Aktuelles, das brennt.
4) Der Duft der großen weiten Welt.
5) Ein Dschungel. Ein Urwald geht aber auch.
6) Viel Weihnachtsflär. Kerzen, Christbaum, Engel und solche Sachen, weil der Mensch dann besonders mordsvergnügt ist.
7) Am wichtigsten ist der ganz besondere Held. Der ist die Hauptperson und stellt dem Verbrecher ein Bein. Der Held ist dynamisch (macht immer was) und selbstbestimmt (er selbst ist der Chef von allen und bestimmt, was die tun müssen).

Stoffele klemmt den Schwanz zwischen die Pfoten und schleckt ihn glatt. »Sieben auf einen Streich. Das reicht.«

»Es fehlt noch was Wichtiges«, sage ich. »Jemand, der sich nix mehr gefallen lässt und aufbricht.«

»Haben wir schon. Das ist der besondere Held.«

»Ich meine die Heldin, die bisher unterdrückt war. Der Verlag besteht auf ihr. Und für die Erotik und die Leidenschaft brauchen wir sowieso eine.«

Stoffele genehmigt die Heldin und diktiert weiter:

8) Heldin, die sich nix mehr gefallen lässt. (Aber vom Held doch.)
9) Der Held ist am besten schwarz.

»Aber wie kommt der aus Afrika nach Oberweschnegg?«

»Nix Afrika. Der Held ist ganz nah.«

Ich schreibe also:

10) Der Held ist schwarz, er hat einen weißen Fleck an der Schwanzspitze und einen teuflischen Namen.

Ich drucke das Geschriebene aus und hänge es an die Pinnwand über dem Schreibtisch. Stoffele sitzt nun auf dem Fensterbrett, vielmehr er thront, gesammelt, edel, sehr aufrecht, großartig, würdevoll katerig und denkmalhaft. Eine Haltung, die er oft und gern einnimmt. Fehlt nur die Säule unterm Hintern. Ich habe manchmal den Verdacht, ich sei die Säule. Er starrt sphinxhaft zum Himmel. Es ist Vollmond. Der

Mond von Oberweschnegg. Nicht ahnend, was bald Furchtbares auf ihn zukommen wird, zeichnet er eine feine helle Linie um meinen Kater. Seine Schnurrbarthaare glänzen. Die des Katers, meine ich. Der Mond hat ja keine.

5. Dezember

Den nächsten Tag verbringe ich katerlos. Stoffele brüllt mich um sieben Uhr morgens aus dem Bett, schlabbert zwei Schüsselchen voll warmer Milch leer, mahnt die zu schreibende Geschichte an und trollt sich. Ich schalte den Computer ein, seufze tief, schreibe: »Kapitel eins« und denke eine halbe Stunde lang vergeblich über einen zündenden ersten Satz nach, von dem es bekanntlich abhängt, ob derjenige, welcher die Geschichte in Händen hält, überhaupt weiterliest oder ob er gleich den Fernseher anmacht.

»Am Anfang war das Wort«, fällt mir ein. Nicht übel. Doch dann kommt mir der Satz bekannt vor. Außerdem scheint er mir für einen Krimi zu theoretisch, zu unsinnlich, ja zu unblutig zu sein. Also weiterbrüten.

Je heftiger ich nachdenke, desto mehr bohrt sich in mein Gehirn folgender Satz, den ich morgens im »Schwarzwälder Boten« in der Rubrik »Heiteres aus dem Reich der Insekten« gelesen habe: »Wenn sie sich am Bein verletzt hat, frisst die Libelle dieses auf.« Ich schreib ihn hin. Aber ist er nicht zu heiter für einen Krimi?

Dann fällt mir ein, dass ich ja dringend den Speicher aufräumen muss. Da liegt so viel Gerümpel rum, das muss zum Sperrmüll. Und die Mausefallen, die irgendwer mal dort oben aufgestellt hat, musst du einsammeln, sage ich zu mir, sonst rennt noch eine Maus hinein und tut sich weh. Und die alten Feuilletons von FAZ und ZEIT, die du immer durchlesen wolltest, um die wichtigsten Artikel auszuschneiden und in einen Ordner zu heften, damit du geistig mitreden kannst, solltest du fürs Altpapier bündeln. Schreiben kannst du auch morgen. Oder übermorgen. Du verschiebst den Krimi einfach. Der Herbst ist die ideale Schreibe-Zeit. Wann ist Mörike sein wunderschönes Gedicht von der im Nebel ruhenden Welt eingefallen? Wann hat Fontane den Birnbaum des Herrn von Ribbeck in sein Gedicht gepflanzt? 's war Herbsteszeit! Auch frühlingshafte Temperaturen, denk nur an den »Taugenichts« von Eichendorff, fördern die Lust zum Fabulieren.

Der Speicher ist Stoffeles Lieblingsjagdgrund. Dort pflege ich Säcke voller Tannenzapfen zum Trocknen auszuleeren, und mein Kater pflegt diese Tannenzapfen, die ich zum Feueranmachen im Kamin gesammelt habe, vor sich herzujagen und seinen dicken Kopf in alle Kisten, Schachteln und Schränke zu stecken. Einmal ist er ins Vogelhäuschen geklettert und fast nicht mehr herausgekommen, weshalb das Vogelhäuschen jetzt eine Ruine ist. Und einmal hat er in die Ecke – ich habe Schwarzwaldtannenduft drübergesprüht.

Als es dunkelt, bin ich von oben bis unten eingestaubt. Ich steige in die Badewanne, versenke zwei Schiffchen, einen blauen Delphin und zwei Waschlappen. Auf dem ersten steht »fürs Göschle«, auf dem zweiten »fürs Ärschle«. Nach einer Stunde entsteige ich der Wanne, lass die schwarze Brühe ablaufen, ziehe mein langes Schlabberkleid an und setze mich in meinen Sessel. Das heißt, ich will mich in meinen Sessel setzen.

»Bin schon da.« Stoffele streckt alle viere von sich.

»Runter mit dir!«

Er denkt nicht daran. Der Herr K., ein alter Bekannter von seinem Büchermenschen, habe mehr Verständnis für einen armen sessellosen Kater.

Da Kafka, soviel ich weiß, mit Katzen nichts am Hut hatte, muss ein anderer literarischer Herr K. gemeint sein. Ich werde fündig bei Brecht, in den »Geschichten von Herrn Keuner« und lese: »Aber Herr K. verscheuchte die Katzen nur ungern von seinem Stuhl. Sich zur Ruhe zu legen ist eine Arbeit, sagte er, sie soll Erfolg haben.«

Dies einsehend und Herrn K. nicht nachstehen wollend, bescheide ich mich mit einem Stuhl.

»Hast du an den Weinberg geschrieben, wegen der Sache mit dem lieben Gott, und dass er keine Ahnung hat, und wie das mit den Katern und der Schöpfung ist?«

»Noch nicht.«

Stoffele hat seinen großzügigen Tag. Er überlässt mir den Sessel und rollt sich auf meinem Schoß zusammen. Ich streiche ihm mit dem Finger ein paar Mal leicht über die Nase, was er besonders liebt. Dann fallen ihm jedes Mal die Augen zu, und ein schlafender Kater fragt nicht nach knallharten erotischen Kriminalgeschichten, von denen noch kein einziger Satz geschrieben ist.

»Deine rechte Pfote ist ganz schwer«, sage ich. »Deine linke erst recht. Dein Schwanz sowieso. Du bist sehr, sehr müde, müder geht's gar nicht.«

Er reißt das Maul auf und gähnt. »Hast recht. Was, glaubst du, hab ich den ganzen Tag über gemacht?«

»Gepennt. Wahrscheinlich in meinem Bett, obwohl du genau weißt, dass ich das nicht billige. Und ein paar Mucken gefangen. Aber nicht mehr als drei.«

»Fünf!«, sagt Stoffele. »Und nachgedacht hab ich. Die Sache wird immer seltsamer. Undurchsichtiger. Geheimnisvoller. Mystischeröser. Findest du doch auch, oder?«

»Stoffele«, sage ich kleinlaut, »da weißt du mehr als ich. Nichts ist merkwürdig, erst recht nichts geheimnisvoll und undurchsichtig schon gar nichts. Ich wollte ja anfangen mit dem Krimi. Mir fällt aber nichts ein.«

»Ich mein was anderes. Den Stern an der Spitze vom Schwanz vom Großen Himmelskater, der weg ist, wie wir gestern mit eigenen Augen gesehen haben.«

»Den hab ich ganz vergessen.«

»Typisch! Die wichtigsten Sachen vergisst du. Zum Beispiel, dass Milch lauwarm sein muss und ohne Fliegen drin. Dass man einen Kater nicht gegen den Strich streichelt und nicht staubsaugt, wenn er schläft. Dass man weiß, ›wie-viel Stern-lein ste-he-hen an dem blahau-en Him-mels-zelt‹.«

»Es sind mehrere Milliarden von Billionen. So viele Zahlen wie Sterne gibt's gar nicht.«

»Und der liebe Gott? Wie zählt der seine Sternlein?«

»Wenn es den lieben Gott gibt, dann muss er sie gar nicht zählen, weil er ja schon von Anfang an gewusst hat, wie viele es sind. Und wenn es ihn nicht gibt, weil er nur eine Ausgeburt unseres limbischen Systems ist, das sich hier befindet« – ich tippe an meinen Kopf –, »dann ist das Universum halt ein riesiger Sternenhaufen und sowieso alles wurscht.«

»Aber früher hat es ihn doch auch gegeben«, sagt Stoffele. »Schon wegen der Schöpfung, wie ich im letzten Kapitel ausführlich und unwiderlegbar bewiesen habe. Und heute hackt ihr dauernd auf ihm rum. Hat der Pfarrer, bei dem ich mal war, auch immer gesagt. Der mit der Götterspeise, die immer gewackelt hat.«

»Warum bist du denn weggelaufen? In Pfarrhäusern lebt man nicht schlecht.«

»Wegen seiner Unmusikalischkeit. Rumgemotzt

hat er, in einem sehr unfreundlichen Ton, wenn ich nur ein bisschen vor mich hingesungen hab. Jeden Tag. Dann hatte ich die Nase voll. ›Ite missa est!‹ hat er gebrüllt, was so viel heißt wie ›Hau ab!‹ Und außerdem hat ihn das mit dem Bauch gestört.«

»Dann hätte er doch abnehmen können. Etwas weniger Götterspeise –«

»Der Bauch war prima. Der beste Bauch, auf dem ich je rumgetrampelt bin. Er war dagegen. Aber als Kater braucht man doch einen Trampelbauch! Jetzt hab ich ja deinen. Der geht auch.«

»Vielen Dank!« Dann will ich ihm was Nettes sagen. »Heute Nacht ist er bestimmt wieder da, dieser Schwanzspitzenstern.«

»Glaub ich nicht. Mir schwant da nämlich was.«

Mir schwant nichts. »Wirst sehen, es geht schon keins verloren. ›Gott der He-herr hat sie ge-zä-hä-let, dass ihm a-auch nicht eines fe-he-let'.‹«

»Den gibt es doch gar nicht«, sagt Stoffele.

»Wer behauptet das?«

»Du. Und dieser Hasser von Katern, der überall Kaugummi draufbäbbt.«

»Mister Weinberg? Den les ich nicht weiter, dem fehlt auch das Positive.«

Dann singen wir gemeinsam: »›... an der gan-zen gro-ßen Za-hal, an der ga-han-zen gro-ßen Zahl‹«, das heißt, ich singe und Stoffele schnurrt, wobei ich beim letzten »Zahl« mit der Stimme hinaufgehe und

Stoffele tief hinunterschnurrt, und wir beide unseren Ton nicht erwischen. Aber das macht nichts. Dem lieben Gott hat's bestimmt gefallen. Der ist ja nicht so. Doch nur, wie gesagt, wenn es ihn gibt, und zwar außerhalb unseres limbischen Systems.

Dann – morgen ist Nikolaus – backe ich einen Dambedei. Aus Hefeteig forme ich ihn und lasse ihn gehen – ich meine, aufgehen lasse ich ihn, bis er aussieht wie die voluminösen Gestalten von Henry Moore, nur weniger furchteinflößend. Ein Dambedei darf kein Hungerhaken sein.

Da liegt er auf dem Backbrett, die Arme in die adipösen Hüften gestemmt, leicht schief geneigt der Kopf, Korinthenaugen, Rosinennase, eine quer hineingedrückte Mandel als Mund, freundlich abstehende Ohren, rundes Bäuchlein – er hat, um es mit Wilhelm Busch zu sagen, »um des Leibes Mitten schon die Wölbung überschritten« –, leicht gespreizt die strammen Waden, Korinthenknöpfe auf dem Wams. Warum der Dambedei so heißt, konnte mir noch keiner sagen, nicht mal der »Kluge-Götze«. Drum heißt er ohne Erklärung so. Es soll Leute geben, die nennen, was ich Dambedei nenne, »Nikolaus« oder »Weckenmann«; aber in einen, der so heißt, beiß ich schon gar nicht hinein.

Stoffele schnarchelt vor sich hin. Lohnt sich nicht mehr, heut Abend noch mit dem Krimi anzufangen. Morgen früh ist die Libelle bestimmt weg, weil sie sich inzwischen selbst aufgefressen hat, und dann leg ich los. Exotisch. Erotisch. Knallhart.

Wenn das Stifter wüsst! Der durfte noch ungestraft Sätze schreiben wie diesen: »Man kann hier tagelang weilen und sinnen, und kein Laut stört die durch das Gemüt ziehenden Gedanken als etwa der Fall einer Tannenfrucht oder der kurze Schrei eines Geiers …«

Wahrscheinlich hatte er keinen Kater, der berühmt werden wollte.

6. Dezember

Der verschwundene Stern zickzackt wie eine Schnuppe durch meine Gedanken und bringt mich dazu, statt endlich mit dem noch im Wartezustand verharrenden Krimi anzufangen, selbst Sterne zu machen, die ich dann auf Geschenkpäckchen kleben will. Ich falte Quadrate aus glänzender Folie einige Male, bis sie ganz klein geworden sind, schneide mit einer kleinen Schere Zacken, Löcher, Vierecke und Spalten hinein, was nicht einfach ist, denn die Scherenenden sind unscharf und stehen auch noch übereinander. Ich habe nämlich mal versucht, mit dieser Schere – der Dosenöffner streikte gerade – eine Dose »Huhn mit Thun« für Stoffele aufzumachen, deren Lasche abgebrochen war. Ich entfalte die Sterne, halte sie gegen das Licht, erfreue mich an dem Anblick und stelle mir vor, dass der liebe Gott damals, als er kurz nach dem Urknall seine Sterne ausgeschnitten und an den Himmel gehängt hatte, sich genauso an ihrem Anblick begeistern konnte. Vielleicht mache ich auch nur darum so viele, weil ich mich vor dem Schreiben drücken will. Mangels einer glänzenden Idee schöpfe ich glänzende Sterne. Es gibt Leute, die tun das Gegenteil:

Statt etwas Handfestes zu machen, denken sie sich lieber was aus, und manchmal ist das eine besser, manchmal das andere.

Mein schön gewölbter, goldbraun glänzender Dambedei gehört zweifellos zu den handfesten besseren Dingen. Er besteht darauf, in Kakao getunkt zu werden, Arme, Beine und Kopf saufen sich richtig voll. Dann verleibe ich ihn mir ein, im wahrsten Sinn des Wortes.

Abends will ich's genauer wissen. Der Mond geht betont langsam auf, und die Sterne trudeln allmählich ein. Ich steh am Fenster, den Arm um meinen Kater gelegt, und wir starren in den dunkler werdenden Winterhimmel.

»Jetzt!«, sagt Stoffele. »Dort oben. Der Große Kater. Mit Schwanz.«

»Schon möglich.«

»Und an seinem Ende, was siehst du da?«

»Nichts.«

»Hab ich ja gesagt!« Seine Augen gluhen. Er blickt zum Himmel, zum leeren. Das heißt, ganz leer ist er ja nicht. Nur an der Stelle, wo, so Stoffele, vorgestern noch der Stern am Ende des Großen Katerschwanzes geleuchtet hatte. Er sieht mich durchdringend an. »Ich glaub, das ist ein Fall.«

»Unsinn. Ein Stern fällt nicht so leicht vom Himmel wie ein Kater von einem Baum. Weißt du noch, wie ich mal den Sonnenschirm unter den Birkenast halten musste und wie du hineingeplumpst bist?«

Stoffele hat ein Messer im Blick. Sein weiß beschlusslichtetes Schwanzende bewegt sich heftig. »Es ist kein ordinärer Herunter-Fall. Es ist« – eindringlicher Blick – »ein Fall für Mephistopheles.«

»Na, na! Bleib auf dem Teppich!«

»Lieber auf dem Sessel. Ich werde ihn in die Pfoten nehmen, diesen Fall.«

»Und was wirst du dann mit ihm machen? Abschlecken? Herumrollen?«

»Lösen. Dazu bin ich als Kater brüderlich verpflichtet. Von Schwanz zu Schwanz. Er ist oben im Himmel der Größte und ich – du weißt schon. Ich hör ihn maunzen. Um Hilfe maunzt er. Wo die Not am größten, ist Stoffeles Hilf am nächsten. Ich werde den Fall klären. Hier sitz ich. Ich kann nicht anders.«

Stoffele sitzt wie ein Monument seiner selbst. Ich spüre erschauernd die Bedeutung des Augenblicks. Irgendwas weht durch den Raum. Der Geist Martin Luthers? Der Atem der Geschichte? Oder zieht es nur ein bisschen, weil das Fenster nicht ganz zu ist?

»Edel sei der Kater, hilfreich und gut«, sage ich. »Am besten fängst du gleich damit an, sonst steht der arme Kerl noch wochenlang ohne Schwanzspitze am Firmament und schämt sich.«

»Ich brauch dazu aber eine Kleinigkeit.«

»Was für eine Kleinigkeit?«

Sein Schwanz klopft aufs Fensterbrett. »Den Sessel.«

»Wieso brauchst du meinen Sessel zum Klären deines Falles?«

»Damit ich besser grübeln kann.«

»Grübeln kannst du genauso gut in deinem Körbchen. Oder auf meinem Schoß, wenn ich im Sessel sitze.«

»Nix da. Geht's dem Hintern gut, freut sich der Kopf, wie irgendein Kater mal erklärt hat.«

»Wie man sich bettet, so liegt man«, sage ich, und in Richtung Bücherschrank: »Entschuldigen Sie bitte, Herr Brecht, er nimmt es halt nicht so genau mit dem Zitieren.«

»Mein Hintern will sich auf den Sessel betten. Auch der Hintern von meinem seligen Urururgroßkatervater –«

»Stoffele, du bist ein fieser Erpresser. Solchen Leuten soll man nicht nachgeben. Der Sessel bleibt aus dem Spiel!«

»Der Sessel spielt mit. Krieg ich ihn nicht, erfährst du nie, was mit dem Stern passiert ist.«

»Damit kann ich gut leben.«

Mich trifft ein vernichtender Blick. »Weil du blöd bist. Es handelt sich immerhin um den Stern an der Schwanzspitze vom Großen Kater, den der liebe Gott höchstpersönlich gemacht hat, weil es sie alle beide gibt, worüber wir uns doch wohl einig sind. Und dieser Stern lässt dich kalt?«

»Ganz kalt natürlich nicht.« Ich schäme mich vor Stoffele, dem eben zitierten Brechtkater, den kürzlich erwähnten Rilke- sowie Kantkatern, dem Himmelskater und dem lieben Gott, dem größten Katerfreund im Himmel und auf Erden.

»Es ist nämlich der heilige Stern überm heiligen Stall«, sagte Stoffele, »wo der heilige Ochs drin ist und der heilige Esel und das ganze heilige Zeug. Der so rumgeleuchtet hat.«

»Das war, wie jeder weiß, der Halleysche Komet.«

»Nix Komet. Für so was nimmt man ja nicht jeden x-beliebigen mickrigen Herumstreuner. Weil der liebe Gott so ein Katerliebhaber ist, hat er den Stern am Ende vom Schwanz vom Großen Kater beauftragt, hinzuziehen und überm Stall stehen zu bleiben und fest zu leuchten. Damit allen ein Licht aufgeht. Dann ist er wieder zurückgeflogen zu seinem Schwanz. Wo er nicht mehr ist. Und das hat schreckliche Folgen. Ohne diesen Stern«, er sieht mich von der Seite an, »ohne den fällt Weihnachten aus. In Oberweschnegg und im Rest der Welt.«

»Mephistopheles! Wer sagt das?«

»Das weiß ich aus erster Pfote. Vom Katzengel. Ohne Stern kein Weihnachten, hat er gesagt. Und der weiß es aus höherer Pfote. Aus der von so einem hochheiligen Erz- oder Oberengel. Mit saumäßig großen Flügeln. Und der weiß es aus allerhöchster Pfote. Aus der Liebegottespfote.«

Ich sehe ein dunkles stilles Dorf, in dem nicht vor jedem Haus schon in der letzten Novemberwoche ein Christbaum leuchtet und nervös blinkende Lichterketten von Balkonen hängen. Straßen und Geschäfte, die sich nicht gegenseitig überbieten an Glanz und Gloria. Keine dumm, jammervoll oder verzweifelt guckenden Engel, die zwischen Büchern, Schinken, Büstenhaltern, Stiefeln, Kühlschränken und Schneefräsen herumflattern. Kein angeblich verkaufsförderndes, seit Mitte November meine Ohren beleidigendes Weihnachtsgedudel im Supermarkt in Waldshut. Eine Vorstellung, die mir nicht übel gefällt.

»Einmal kein Weihnachten, das wär auszuhalten. Dann freut man sich umso mehr auf das nächste.«

»Wenn der Stern nicht gefunden wird, ist nie mehr Weihnachten. Befehl vom lieben Gott.«

Ich bin ja nicht, was man fromm nennt, aber nie mehr Weihnachten? Das heißt: nie mehr die Lichter am Adventskranz entzünden. Nie mehr wird der Duft frischgebackener Springerle, Vanillehörnle und Lebkuchen durchs Haus ziehen. Schluss mit Honigkerzen und Christbaumkugeln. Schluss mit der goldenen Nuss im Schuh, kein Lamettafaden mehr auf dem Kopfkissen. Keine – das wär das Schlimmste! –, keine Weihnachtsansprache mehr von Bundespräsident und Bundeskanzler oder -kanzlerin. Kein bald kommendes Christkind, und nur noch ein vergeblich leise rieselnder Schnee. O du armer, armer Tannenbaum, musst im Wald bleiben und frieren. O du stille Zeit, kommst nicht mehr über die Berge weit!

»Findest du das vielleicht gut?«, fragt Stoffele mit Lauerblick.

»Ich seh's ein. Du sollst den Sessel haben. Für wie lange?«

»Bis der Fall geklärt ist. Und der scheint mir äußerst schwierig zu sein.« Stoffele kratzt sich am Kopf. »Es kann dauern. Mindestens fast bis Weihnachten. Macht aber nix.« Er legt den Kopf schief und sieht mich an. »Und schon haben wir ihn.«

»Den weggen Stern? So rasch? Wo steckt er denn?«

»Ich mein, der wegge Stern ist ein einmaliger kriminologischer Fall. Ich lös ihn, und du schreibst ihn auf. Mit deinem Schreibkerl. Ich weiß auch schon, wie er heißt. Ganz kurz und knapp: ›Das geheimnisvolle, zutiefst rätselhafte Verschwinden vom hochheiligen Weihnachtsstern am Ende vom Schwanz vom Großen Himmelskater am Sternhimmel über Oberweschnegg, der Heimat von Kater Mephistopheles, das ist der mit dem weißen Tüpfel hinten.‹«

»Der Titel ist viel zu kurz. Geht's nicht etwas ausführlicher?«

»Nach so einem Stoff hätt der da sich alle Zehen geschleckt.« Er deutet auf meinen erhaben-amüsiert dreinblickenden Gips-Goethe im Bücherschrank, den ich auf dem Trödelmarkt in Höchenschwand gefunden habe. Einen Goethe für zwei Euro fünfzig!

»Das ist nicht ›der da‹, das ist Goethekater.«

»Warum hat Goethekater ein Pflaster auf der Nas? Hast du ihm eins draufgegeben?«

»Stoffele! Ich haue grundsätzlich keinen Dichter. Da bin ich mit dem Staubsauger drangekommen.«

»Juble gefälligst! Wo doch der Verlag bestimmt jeden Tag zum Briefkasten rennt und guckt, ob du ihm schon was noch nie Dagewesenes geschickt hast.« Stoffeles Schnurrbarthaare zittern. »Das ist der Krimi aller Krimis. Wir müssen rauskriegen, wer's gewesen ist. So ein himmlischer Schwanzspitzenstern macht bestimmt manchem das Maul wässrig. Irgendwer hat ihn sich unter den Nagel gerissen. Entführt. Aus niedrigen – also aus Gründen, wo nicht hoch sind.«

»Aus niedrigen Beweggründen«, helfe ich.

Er setzt sich in Positur. »Ich übernehm den Fall, und du schreibst über mich. Ich mein, du schreibst mir nach. Ich mach auch gaaaanz langsam, sonst kommst du nicht mit. Du brauchst dir fast nichts Eigenes auszudenken. Nur ein paar erotische Sachen. Wenn du so was hinkriegst in deinem Alter. Und weihnachtlicher Kruscht, auf den dieser Verlagskerl so scharf ist, steht ja genug hier rum.«

»Und wenn ich es täte – wenn ich damit fertig wäre, dürfte ich dann wieder auf den Sessel?«

»Man wird sehen«, sagt Stoffele großzügig.

»O nein. Drück dich deutlich aus.«

»Also gut. Du darfst. Wenn ich den Fall gelöst hab und du den Krimi vom rätselhaften Verschwinden des Schwanzspitzensterns vom Großen Kater geschrieben hast.«

»Gibst du mir die Pfote drauf?«

»Welche?«

»Am besten alle viere.«

»Wenn's denn sein muss.«

»Und dein Großes Miau?«

»Das kleine langt auch.«

»Mephistopheles!«

»Na schön. Ich geb dir mein Großes Miau!«

»Aber ohne Decke kommst du mir nicht auf den Sessel.«

»Ich frier nicht. Hab meinen Pelzmantel immer an.«

»Die Decke ist nicht für drüber, sondern für drunter. Es soll Kater geben, die sich nie die Pfoten abputzen, bevor sie es sich gemütlich machen auf anderer Leute guten Sesseln. Und du hackst auf den Engeln herum, weil sie – angeblich – sich die Flügel nicht abschlecken.«

Stoffele legt beleidigt die Ohren nach hinten und verlangt, sofort hinausgelassen zu werden.

Der Mond weckt mich auf. Er hockt in der Birke, scheint mir ins Gesicht und singt. Sein Schwanz hängt in einem anmutigen Kringel herunter. Vielleicht ist es auch gar nicht der Mond, vielleicht ist der Sänger Stoffele, mein Kater, so genau weiß ich das nicht. Aber was meine schlaftrunkenen Ohren zu hören bekommen, prägt sich mir tief ein:

Der Stern ist weg.
Wo er war, ist jetzt ein Loch.
Ein gähnendes, schwarzes, leeres,
ödes, trauriges, schauriges, totes,
erbärmliches, elendes, saukaltes
himmlisches Loch.

Mein Herz ist voll Trauer.
Mein Buckel voll Schauer.
Ich klage Miau
und immer miauer.

Welch ein Verlust!
Für den Großen Kater, an dem er dranhing
und für alle anderen:
für die oben,
für die daneben,
und für uns unten drunten.
Für alle, die ihn bewundert haben.
Nix ist's mit Weihnachten.
Aus die Maus.
Wo bist du, wo?

Weiß nicht, wo der Stern nun ist,
wo ist er geblieben?
Wer soll das je verstehn,
wer soll das je verstehn!

Mein Lied ist voll Trauer.
Ich klage Miau
und immer miauer!
Miauuuuuu!

7. Dezember

Einmal werde er herunterfallen und auf der Nase liegen, prophezeihe ich, als ich am nächsten Morgen meinen Kopf zum Schlafzimmerfenster hinausstrecke. Stoffele balanciert gefährlich auf dem Fensterbrett hin und her und maunzt empört.

»Nur, wenn ich nix in den Magen krieg« – gefährliches Schwanken –, »und ist das vielleicht eine Begrüßung? Man sagt: Guten Morgen, mein lieber Stoffele, darf ich dir ein Schüsselchen Milch warm machen? Wo doch Eiszapfen an meinem Schnurrbart hängen.«

»Kälte härtet ab. Wie geht's deinem Sternenfall, um dessen Lösung du dich gerissen hast?«

»Nix gerissen. Geopfert. Dem Großen Kater zulieb, Weihnachten zulieb und« – er reibt den Kopf an meinem Arm –, »ein bisschen dir zulieb. Damit du mal was Knallighartes schreiben kannst. Aber erst mal Frühstück. Essen und Trinken hält Ohren und Schwanz zusammen.«

Ich stelle die Fleischbüchse zurück in den Kühlschrank. »Also, zu unserem Fall. Was wirst du jetzt tun?«

Stoffele schleckt sich die Schnauze. »Noch etwas Milch schlabbern. Aber mit weniger Wasser drin. Wasser ist in dieser Menge nicht ungefährlich.«

»Nichts mehr da. Du säufst mich arm. Ich muss erst zu Frau Vögele. Eier brauch ich auch.«

»Vielleicht weiß sie was über den weggen Stern. Und dann wird geschrieben, dass die Fetzen rumfliegen.«

Und also zieh ich los, zu Frau Vögele, unserer neuen Eier- und Milchfrau. Früher hab ich die Milch bei Frau Hug geholt, aber diese und ihre paar Kühe sind im Stand der wohlverdienten Ruhe.

Frau Vögele schippt Schnee.

»Gibt's noch Milch?«, frage ich. »Mein Kater ist ein versoffenes Loch. Kennen Sie übrigens den Großen Kater?«

Frau Vögele füllt meine Kanne. »Ich kenn Ihren Stoffele, den Roten von nebenan, den Zottel, den Fritzle und meinen Mozart. Der sitzt gerade im Spülbecken und leidet. Hat Bauchweh, der arme Kerl. Die Maus, die er gefunden hat, war nicht mehr frisch. Ist ein neuer aufgetaucht?«

»Ich meine den Großen Sternenkater am Himmel.«

»Der hat sich mir noch nicht vorgestellt. Ist der amerikanisch? Alle neuen Sachen sind ja amerikanisch. Glauben Sie, ich krieg hier noch Schokolade mit Nüssle drin? Nur noch mit ›nuts‹, was man wie

›nats‹ ausspricht! Also, wenn der auch wieder amerikanisch ist –«

»Ich meine den ›Großen Kater‹, den der liebe Gott zuallererst erschaffen hat, wie ich zuverlässig von Stoffele weiß, weil alles so wüst und leer und langweilig war, weil seine Engel nicht schnurren können, es mit der Sauberkeit nicht so haben und weil er Kater mag.«

»Machen Sie Sachen«, sagt Frau Vögele, »Sie und Ihr Kater – also mein Mann, der tippt sich immer an die Stirn und sagt, Ihr seid alle beide –, na ja, nix für ungut. Wenn Ihr Stoffele das sagt, dann wird's wohl so gewesen sein. Ja, der liebe Gott, das ist einer, wie ich immer unserem Pfarrer sag. Und Ideen hat der, ganz verrückte. Der liebe Gott, nicht der Pfarrer, der ist soweit ordentlich. Und die Engel sind ja auch ein verschlecktes Volk. Ich habe mal einen gesehen, in der Birnau, was eine sehr lustige Kirche ist, der hatte den Finger im Honigtopf. Ganz wie mein Enkel, der Sven, nur nackiger. Das war beim Ausflug mit den Katholischen Landfrauen an den Bodensee. Was ist nun mit diesem Himmelskater?«

»Sein Schwanz ist nicht mehr ganz, was schön klingt, aber nicht schön ist.«

»Was fehlt dem Schwanz denn?« Frau Vögele zwinkert mir besorgt zu.

»Die Spitze.«

»Das wird ihm aber peinlich sein.«

»Schreckliche Folgen wird das haben. Für Oberweschnegg und den ganzen Globus. Stoffele weiß es aus erster Hand. Dieser verschwundene Schwanzspitzenstern ist nämlich der, der damals über dem Stall in Bethlehem gestanden hat. Sie wissen schon. Er liegt dem lieben Gott sehr am Herzen. Sein Leib- und Magenstern, sozusagen. Ist er weg, lässt der liebe Gott Weihnachten ausfallen. Da kennt der nix, sagt Stoffele.«

Frau Vögele wirkt erschüttert. Dass der liebe Gott so stur sei, hätte sie nicht von ihm gedacht.

»Haben Sie vielleicht irgendwo so eine Schwanzspitze gesehen? Die kann doch nicht einfach verschwinden.«

»Tut mir leid. Die wär mir aufgefallen. Man müsste mal in Unterweschnegg suchen, wo ich vorgestern auch den Knopf von meiner neuen Hose gefunden habe, in der Küche von Frau Schmitt, weil die Hose zu eng geworden ist, wegen der drei Stück Schwarzwälder Kirschtorte. Wenn sie auftaucht – also die Sternenschwanzspitze –, halt ich sie fest und geb euch Bescheid.«

»Stoffele nimmt an, jemand habe den Stern geklaut. Vielleicht sogar gefressen. Aber wer klaut und frisst Schwanzspitzen?«

»Hund, Katze, Maus«, sagt Frau Vögele. »Doch am ehesten würd ich das dem Nachtkrabb zutrauen.«

»Der Nachtkrabb war's bestimmt nicht. Den kenn

ich seit meiner Kindheit. Der frisst viel lieber Käse und Gute-Nacht-Geschichten. Vielleicht war's eine Kuh?«

Die Kuh schließt nun Frau Vögele entschieden aus. Ihre Kühe seien sehr katerlieb. Geradezu katerversessen seien die. Der Mozart schlafe im Winter immer bei ihnen im Stall, jede Nacht an einem andern Bauch. Ihre Kühe hätten alle eine weiße Weste.

»Mein Kater wird das schon herausbringen«, sage ich. »Mit seinem Köpfchen und mit meinem Sessel unter dem Hintern ist das eine Kleinigkeit.« Ich seufze so tief, dass Frau Vögele sich teilnahmsvoll nach dem Grund erkundigt.

»Ich muss eine Geschichte schreiben. Stoffele hat mich dazu gezwungen.«

»Ach du meine Güte! Na, das wird was werden! Heut schreibt ja jeder, der das ABC halbwegs kennt. Unsere Gwendolyn, dort hinten mistet sie gerade den Stall aus, schreibt jetzt auch. Gedichte. Ein paar hab ich gelesen, ganz rot bin ich geworden, wegen dieser Wörter, wo die doch erst sechzehn ist, also in meiner Jugend – was soll's denn bei Ihnen werden?«

»Ein knallharter Krimi mit viel Äkschen über den verschwundenen Schwanzspitzenstern.«

»Kommt Columbo drin vor? Wie der immer guckt, wenn er schon an der Tür steht und sich noch mal rumdreht! Ich hab meinem Mann auch so einen verknautschten Regenmantel gekauft. Aber wie Columbo guckt der nie.«

»Man kann halt nicht alles haben. Immerhin guckt Ihr Gartenzwerg da ganz schön hintergründig.«

Frau Vögele streicht dem Zwerg über die Zipfelmütz. »Kennen Sie Miss Marple? Immer wenn ein alter Miss-Marple-Film kommt, wird unser Lump ganz närrisch, weil ihm die Miss-Marple-Musik so in die Pfoten fährt.«

»Auch ich«, erkläre ich, »finde Miss Marple recht liebenswert in ihrer Raubauzigkeit, und sie hängt so sympathisch in Falten. Ihre Krimis versteh ich wenigstens, und sie sind nicht besonders grausam, und mit Humor, was man von den modernen keineswegs sagen kann. Und jetzt muss ich heim. Heut back ich Hildabrötchen.«

»Was tun Sie rein als Füllung?«

»Johannisbeergelee. Und Sie?«

»Ich wollt ja Sauerkirschen, aber mein Mann hat gesagt, lieber Himbeer. Gwendolyn steht auf Jostabeergelee, aber das schmeckt dem Sven nicht, der ist für Stachelbeer. Ohne Familie ist die Backerei viel einfacher. Mach ich halt Haselnussmakronen. Die mögen alle nicht so. Die ess ich selber.«

Ich bestelle noch einen schönen Gruß an die Hühner, und die Eier seien das letzte Mal ganz besonders köstlich gewesen. »Auf einem stand ›Guden Morgen!‹. Sehr aufmerksam!«

»Das war die Paula. Die kleine Braune dort neben dem Gockel. Hat immer Unsinn im Kopf. Neulich hat sie eins gelegt mit ›Ätsch!‹ drauf. Es war kein Dotter drin.« Sie droht der Paula mit dem Finger, aber nur im Spaß. »Es sind wirklich ausnehmend nette Hühner.«

Das finde ich auch. »Und so humorvoll. Wo Hühner doch sonst kaum Spaß verstehen. ›Guten‹ schreibt man übrigens mit t. Ist aber nicht schlimm. Krieg ich wieder einen Tannenbaum – falls Weihnachten doch nicht ausfallen sollte?«

»Klar. Und jetzt muss ich weiterschippen. Je mehr Enkel man hat, desto mehr schippt man selber.« Frau Vögele wirft eine Schaufel voll Schnee auf den Zwerg. »Ja, ja«, seufzt sie, »er guckt wirklich nicht wie Columbo, mein Mann.«

»Frau Vögele verdächtigt übrigens den Nachtkrabb.«

Stoffele guckt misstrauisch. »Wer ist denn das?«

Ich breite die Arme aus. »Der Nachtkrabb«, krächze ich, »kommt am Abend. Wenn er mit seinen Flügeln schlägt, so wie ich gerade, wird's dunkel. Rabenschwarze Nachtkrabbnacht. Dann hockt er auf dem Fensterbrett, klopft mit dem Schnabel an die Scheibe und macht Funkelaugen.«

»Hat der was gegen Kater?«, fragt Stoffele besorgt.

»Nur gegen schwarze. Rote, grüne, gelbe und blaue lässt er ganz. Mit Frau Vögeles Mozart zusammen singt er oft ›Der Mond ist aufgegangen‹, zweite Stimme, weil er nicht so hoch hinaufkommt als Krabb.«

Stoffele buckelt gefährlich. »Der kriegt eins auf

den Schnabel. Und jetzt geh ich noch ein bisschen zu Lump, mit den Enten spielen. Man kann ja nicht immer geistig denken.«

»Der liegt in seiner Hütte, wo er ein paar alte Knochen benagt und dabei vermutlich auch nicht geistig denkt. Oder er rennt spazieren und versabbert die Kurgäste, die in ihren nagelneuen Jogginganzügen herumkeuchen. Aber dass mir keine Klagen von den Enten kommen. Neulich habt ihr mit ihnen ›Fuchs, du hast die Gans gestohlen‹ gespielt.«

8. Dezember

»Es ging bald die Sonne auf und brachte einen recht schönen, lieblichen Vormittag«, heißt es bei Stifter.

Um acht hole ich die Zeitung und sehe die Bescherung. »Stoffele!«

»Na, endlich! Brüll nicht so. Bin hier oben, auf der Weide. Denkend und Wache sitzend. Ist was?«

Ich deute auf die Fußmatte. Stoffele klettert vorsichtig den Stamm herunter, sagt »Äußerst interessant!« und »Lass mich mal schnüffeln«.

»Was sagst du dazu, mein Lieber?«

»Morgenstund hat Knochen im Maul.«

»Das ist der größte Knochen, der mir je begegnet ist. Ganz blutig, und Fleischfetzen hängen daran. Der ist bestimmt vor ein paar Tagen noch herumgelaufen. Jetzt liegt er da, stinkt und macht keinen Mucks mehr. Und ausgerechnet auf meiner Fußmatte, wo ›Guten Morgen!‹ draufsteht, wie auf dem Ei von Frau Vögeles Paula, nur mit t. Schöner Morgen! Ich mag es nicht, wenn jemand so was auf meine freundliche Fußmatte schmeißt. Das ist nicht lieb.«

Stoffele guckt zufrieden. »Ein Krimi soll ja auch

nicht lieb sein. Hast du selber gesagt. Mit so was hab ich gerechnet. Der Feind pennt nicht. Was glaubst du denn, warum ich die ganze Nacht über auf der Birke gesessen und unseren Schlaf bewacht hab?«

»Du hast gesehen, wer das Ding –?«

»Man kann nicht immer gucken, wenn man denkt und wacht. Man muss auch mal. Und du sagst ja immer, ich soll nicht bei uns, sondern drüben bei Zottels.«

»Was machen wir jetzt?«

»Wir gehn rein, ins Warme.« Stoffele späht nach allen Seiten. »Am besten, bevor wir abgemurkst werden! Fängt gut an, unser Krimi!« Mit heiterem Kringel am erhobenen Schwanz geht er mir voran in die Küche.

Zuerst trinken wir, um uns zu erholen von diesem Schreck in der Morgenfrühe, zwei Tassen starken Kaffee und zwei Schüsselchen warme Milch. Dann besteigt mein Kater seinen Denksessel und erklärt mir die Lage, die sehr ernst sei: »Dieser Gutenmorgenmattenknochen ist bedeutungsvoll.«

»Vielleicht hat sich jemand einen Spaß gemacht. Aber ich finde das gar nicht lustig.«

»Auch ich nicht.« Stoffele guckt empört drein, was er immer gut hinbekommt. »Oder?«

»Oder jemand will uns erschrecken, weil er eine Wut auf uns hat. Wegen deiner nächtlichen Singerei neulich.«

»Blödsinn. Dieser Knochen ist eine Warnung. Wer hat den Fall des verschwundenen Schwanzspitzensterns vom Großen Himmelskater übernommen, über den du gerade einen noch nie da gewesenen Krimi schreibst?«

»Ein schwarzer Kater mit weiß getüpfelter Schwanzspitze namens Mephistopheles.«

»So ist es. Der, welcher den Knochen unzartfühlend vor unsere Tür gelegt hat, meint: Mephistopheles, lass die Pfoten von dem Fall. Sonst bleibt von dir nichts übrig als ein stinkender Knochen wie dieser. Mir droht Gefahr, große, vermutlich schreckliche, höchstwahrscheinlich tödliche. Todesgefahr.«

Er legt den Kopf auf die Pfoten, schließt die Augen und ist tot.

»Nicht doch, Stoffele! Mein lieber Kater!«

»Lieber ist zu wenig«, sagt der Tote.

»Stoffele! Mein lieber, lieber Kater! Ich meine, mein liebster Kater von allen fünfen, die ich je gehabt habe, der du in Lebensgefahr schwebst!«

»Todesgefahr!«, verbessert mich der Tote dumpf.

»Lebensgefahr find ich schlimm genug.«

»Todesgefahr ist noch gefährlicher als Lebensgefahr.«

»Wenn du darauf bestehst, bitte! Der du also in Todesgefahr schwebst, obwohl du gemütlich auf meinem Sessel hockst.«

Stoffele wird wieder lebendig. »Ein Kater wie ich

hat viele Feinde. Oberweschnegg tut nur so friedlich. Oberweschnegg ist in Wirklichkeit ein sündiger – also so ein Loch, wo man sich rumrollt, was einem saumäßig Spaß macht.«

»Ein Sündenpfuhl? Stoffele, du übertreibst! Hier wird auch nicht mehr gelogen und betrogen als anderswo.«

»Gar nix weißt du. Und da du bei mir wohnst, bist auch du nicht mehr sicher in deiner nackigen Haut. Auch, weil du die Geschichte aufschreibst.«

»Da ist was dran. Wenn es dich beruhigt, geh ich nicht mehr ohne Nudelholz aus. Aber ich bin nicht so wichtig, bin ja nur Dr. Watson, während du als Sherlock Holmes viel gefährlicher lebst.«

Wir haben nämlich letzte Woche den »Hund von Baskerville« angeschaut, ich auf meinem Sessel, Stoffele auf meinem Schoß. Beide schlotternd.

»Hauptsächlich auf dich hat man's abgesehen. O mein armer, armer Kater! Wo du noch so jung bist, ich meine, relativ jung. Die Weide kommst du ja nicht mehr so schnell hinauf wie früher.«

Stoffele blickt ganz arm und sehr düster vor sich hin.

»Du bleibst zu Haus. Keine Pfote setzt du mehr vor die Tür. Sonst finde ich eines schrecklichen Morgens meinen lieben, fürchterlich zugerichteten Stoffele auf der Fußmatte. Zernichtet und zermatscht.«

Stoffele sieht arg zernichtet drein.

»Mit abbem Schwanz und nur noch einem Ohr. Das andere liegt als Briefbeschwerer auf einem Zettel, auf dem mit Blut geschrieben steht: ›Er hat seine verdammte Nase in einen Stern gesteckt, der ihn nichts angeht.‹ Ist dir schlecht?«

Stoffele wirkt leicht grünlich im Gesicht, trotz seines schwarzen Fells. Das mit dem abben Schwanz hätte ich nicht sagen sollen. Der liege ihm jetzt im Magen.

»Vorläufig hängt er ja noch hinten an dir dran«, beruhige ich ihn. »Vielleicht kommt es nicht zum Schlimmsten. Sonst hätten wir zwei abbe Schwänze. Einen am Himmel und einen auf der Erde.«

Dann bleibe er heut eben daheim, sagt Stoffele, es schneie ja auch. Er werde den Tag gedankenvoll in seinem Sessel verbringen und sich gründlich mit dem Fall beschäftigen. Ich könne ja schon mal aufschreiben, was bisher passiert sei. »Ein Stern ist weg, ein blutiger Knochen ist da. Der Fall ist erfolgreich angerollt. Und denk an das erotische Zeugs!«

»Woher soll ich's nehmen? Es ist ja noch gar nichts Erotisches passiert. Oberweschnegg mag ja kein Vorzeigedorf sein, und schöner wird es auch nicht, weil immer mehr Bäume abgeholzt werden, aber ein Puff ist es nicht.«

»Du hast ja keine Ahnung!«

»Weißt du vielleicht Näheres?«

»Man hat so seine sprudeligen Quellen.« Stoffele knickt die Vorderpfoten um und macht Müffchen, eine, wie er immer wieder unter Beweis stellt, ausgesprochen denkfördernde Haltung. Es müsse unbedingt was Erotisches in den Krimi, sagt er streng. Woher wir es kriegten, sei doch wurscht. Ich solle mal den Vögeleszwerg fragen.

»Der sieht aber nicht besonders sexy aus.«

»Gerade weil sie nicht so lustmolchig aussehen, treiben sie's wüst, die zipfelmützigen Kerle.«

»Mit wem denn?«

»Blöde Frage. Ein Gartenzwerg treibt's mit einer Gartenzwergin. Das wird alle roletanten Leser und -innen freuen, wo die doch scharf auf erotische Sachen sind.«

»Woher willst du denn wissen, dass Gartenzwerge so was tun?«

Er sieht mich überlegen an. »Wie viele Gartenzwerge gibt's auf der Welt?«

»Sieben Millionen dreihundertachtzigtausendundeinhundertelf.«

»Wie groß?«

»Es gibt große und kleine.«

»Wo, glaubst du, kommen die kleinen her?«

»Stoffele! Du meinst –?«

»Klar. Außerdem grinst der immer so.«

»Das liegt an seinem Charakter. Und daran, dass ihm alles ungeheuer Spaß macht.«

»Eben. Weil er ein Lustmolch ist.«

»Frau Vögele sagt, das Schaffen macht ihm Spaß. Er

ist nämlich ein Schaffzwerg. Erst haben ihr die Kinder einen Schlafzwerg geschenkt, der im Gras rumlümmelt, mit einem Vogel auf der Schulter. Den hat sie umgetauscht gegen einen mit Spaten, weil ihr Mann nicht so gern umsticht, wegen der entzweigeschnittenen Würmer, die ihm das Herz brechen, weil sie immer so wimmern. Und er war sogar noch zwei fünfzig billiger.«

»Als ihr Mann?«

»Als der Schlafzwerg.«

»Er wird es ihr ja nicht gerade auf die Nase binden, was er treibt, wenn er den Spaten aus der Hand legt. Der steckt bestimmt bis oben hin voller Godomundsomorra.«

»Umgekehrt wird ein Schuh daraus, mein Lieber.«

»Und was für einer. Mit Loch. Den hat sein großer Zeh hineingebohrt. Ein Riesenzwergenzehenloch.«

»Stimmt. Das Loch im Schuh ist mir auch schon aufgefallen.«

»Je länger der Zeh«, sagt Stoffele, »desto wutziger der Rest.«

»Ich hab gemeint, es heißt Sodom und Gomorrha. Aber Frau Vögele hat keine Gartenzwergin.«

»Lump sagt, im Garten vom Haus hinter Zottels ist eine aufgetaucht, die rupft Unkraut, ist kugelrund und hat einen blauen Schurz mit weißen Tupfen drauf.«

»Du glaubst, der Zwerg ist ein Schürzenjäger? Und ich soll ihn einfach danach fragen?«

»Klar! Damit wir krimimäßig und erotisch vorankommen. Was meinst du, wie der auspackt! Dieser Zwergel ist ein Ferkel. Gleich morgen gehst du hin, ziehst ihm ein paar unanständige Sachen aus der Nase und schreibst sie auf.«

»Frag du ihn. Mir ist so was peinlich.«

»Nix da. Ich hab alle Pfoten voll zu tun. Eins steht fest: Dieser Stern ist nicht von selber verschwunden. Da hat jemand nachgeholfen. Dem komm ich auf die Schliche. Aber erst muss ich was in den Magen kriegen. Ich brauch ja nicht viel. Vielleicht ein Schüsselchen mit ›Rindshäppchen sehr fein‹. Und eins mit frischen Thunfischbröckchen. Und besorg eine Büchse zu zwei zwanzig, die mit den vielen gesunden Minen und mit ohne Farbstoff. Und dann jag ich ihn, den Schurken.«

Aber zuerst jagt er mich an den Computer.

Um endlich auch meinen literarischen Beitrag zur Lösung des Falles zu liefern, schalte ich an und hypnotisiere den Bildschirm mit dem bisher ersten und einzigen Satz von der sich selber auffressenden Libelle. Eine halbe Stunde lang tut sich nichts.

»Hau ab!«, sage ich zur Libelle. »Du störst! Ich brauch meine Gedanken für einen verschwundenen Stern, über den ich, weil mein größenwahnsinniger Kater es so beschlossen hat, einen Krimi schreiben muss, voller Äkschen, brennender Aktualität und ohne erotische Pünktchen. Und vor allem über ihn. Die Zeit drängt!«

Die Libelle denkt nicht daran, ihren Platz zu räumen, und frisst weiter humorvoll an ihrem Bein.

Ich wünsche ihr guten Appetit, lasse sie fressen und schreibe mit Hand ein paar Weihnachtsbriefe, in denen ich von stillen Tagen und ruhigen Abenden am Kamin erzähle, von Eiskristallen am Fenster und von Spaziergängen im Schnee. Die Schilderung der winterlichen Landschaft leihe ich mir von Stifter aus. Von Schneewolken schreibe ich, die ringsum hinter die Berge hinabsinken, von dem dunkelblauen, fast schwarzen Gewölbe, das sich um mich spannt, voll von brennenden Sternen, und mitten durch diese Sterne sei ein schimmerndes, breites, milchiges Band gewoben. Dann bestelle ich noch liebe Grüße von meinem Kater, der wie ich die himmlische Ruhe, die schöne Beschaulichkeit genieße und nichts mehr hasse als Hektik und ständiges Hin und Her.

Abends bereite ich Hutzelbrot vor. Hutzelbrot backt man frühzeitig, es muss durchziehen, damit es an Weihnachten schön saftig ist. »Saint Nicolas, notre grand-papa, notre Helfer in der Not, portez-nous du Hutzelbrot!«, bettelten früher die Kinder im Elsass zur Weihnachtszeit. Den Spruch und wie Hutzelbrot geht, weiß ich heute noch. Hutzeln kenn ich aus meiner Kindheit, wo wir Apfel- und Birnenschnitze und

Zwetschgen an langen Schnüren zum Trocknen aufhängten. Waren sie trocken, hatte ihre Zahl sich ziemlich verringert. Was heute auch noch hineinkommt, Aprikosen, Datteln, Feigen und Ananas, gab es damals nicht. Ich weiche erst mal in der dafür vorgesehenen altehrwürdigen dicken braunen Schüssel mit dem angehauenen Rand die Trockenfrüchte in Wasser ein. Einmal hab ich eine andere Schüssel benützt, was die Früchte aber übel genommen haben, das Einweichwasser roch irgendwie muffelig. Seither nehme ich nur noch die alte Schüssel, und alles klappt.

Ein seltsames Gefühl im Nacken – als starre mich einer an – bringt mich dazu, mich umzudrehen. Ein Gesicht sieht zum Küchenfenster herein. Ein volles, teigiges Gesicht mit Basedowaugen, Hängebacken und Wulstlippen. Aber nur ein paar Sekunden, dann ist es weg, zurückgetaucht in die Dunkelheit. Ich muss es schon mal gesehen haben, aber mir fällt nicht ein, wo. Du siehst schon Gespenster, sage ich zu mir. Bös wird's mit dir enden!

9. Dezember

Heute ruht sich die Sonne aus, der Tag dämmert vor sich hin. Es ist, wie Stifter sagt, »als ob die eine Nacht völlig der anderen schon die Hand reiche, und der dazwischen liegende Tag nur eine hellere Nacht erscheine«.

Stoffele erlaubt mir, ebenfalls vor mich hinzudämmern und die Hände, statt auf die Computertasten, in den Schoß zu legen. In unserem Fall werde sich heute nichts tun.

»Woher willst du das wissen?«

»Von meinem Katzengel. Nachts sind wir wieder so rumgeflogen, und er hat gesagt, heut läuft nix. Und er muss es wissen, als Engel.«

Also legen wir eine Pause ein, was durchaus positiv zu sehen ist, schließlich gibt es etliche, sogar in den Feuilletons viel gelobte Krimis, deren Gedankenreichtum gerühmt wird und die in geruhsamen japanischen Klöstern spielen, wo man sich auch nicht gern abhetzt. Außerdem schneit es. Und Schneetage seien, so Stoffele, neben Denktagen auch Ruhetage. Der liebe Gott habe auch geruht nach der ganzen Schafferei.

»Aber nicht in meinem Sessel, wie du. Der saß auf

dem Regenbogen, blickte zufrieden auf seine Schöpfung hinab und sah, dass es gut war.«

Stoffele blickt auch hinab, und zwar auf den lieben Gott. »So toll aber auch nicht. Ich hätt ihm ein paar Sachen sagen können, da wär er nie draufgekommen. Bei mir hätt der Elefant ein fünftes Bein gekriegt, unterm Bauch, damit der nicht so durchhängt.«

»Vielleicht ist ihm der Lehm ausgegangen. Es hat ja auch nur noch für zwei Menschen gereicht. Aber du könntest ihm bei der nächsten Schöpfung als Berater zur Seite stehen. Er wäre sicher dankbar für die eine oder andere Anregung. Ich hätt auch eine für dich.«

Stoffele sieht mich an, als halte er nicht viel von meinen Anregungen.

»Mir ist eingefallen, dass unserem Krimi etwas Entscheidendes fehlt, ohne das kein anständiger Krimi auskommt. Wir haben zwar einen verschwundenen Stern, aber keinen Mord. Und wo kein Mord ist, ist auch keine Leiche. Der Leser verlangt aber dringend nach Leichen.«

Stoffele kratzt sich. »Wie viel?«

»Eine ist das Mindeste. Aber im Prinzip gilt: Je mehr Leichen, desto glücklicher der Leser.«

Stoffele verspricht, sich um die Leichen zu kümmern. Ich greife zu einem Buch.

»Du liest ja schon wieder!«

Ich könne es halt nicht lassen, sage ich, mir sei das ein Bedürfnis. Außerdem hätte ich beschlossen, in dieser Geschichte häufig ein neues Buch zur Hand zu nehmen. So was mache Eindruck auf die Leute. Sie merkten, dass sie es mit einer gescheiten Person zu tun hätten, und außerdem habe es einen pädagogischen Effekt. Es animiere sie zum Mitlesen und fördere so ihre Bildung. Und die Verlage sähen es ohnehin mit Wohlwollen, wenn man lese.

»Was ist es denn?«

»Das ist eine der berühmtesten Geschichten des Zen-Buddhismus. Und sie heißt: ›Von der wunderbaren Kunst einer Katze‹.«

»Kater, bitte!« Stoffele, mit angeborenem Sinn für Monumentalität, setzt sich aufrecht und würdevoll hin und dreht sich ins Profil. In dieser Haltung finden wir beide ihn besonders markant.

»Katze. Es handelt sich um eine japanische Katze, die im Land der Mitte jedes Kind kennt.«

»Und was kann die schon, als Katze?«

»Sie fängt Mäuse. In diesem Fall sogar eine Ratte.«

»Japanische Mäuse kriegt man auch viel leichter. Ratten erst recht, das ist bekannt, weil die nämlich viel zu feig sind zum Wegrennen. Lieber lassen sie sich erwischen.« Er legt sich wieder hin und gähnt.

»Die Ratte in der Geschichte nicht. Die hat das ganze Haus tyrannisiert. Das Haus gehörte einem Fechtmeister. Die Ratte fraß ihm den Käse weg, nagte seine Vorhänge an und biss seiner Katze und allen andern Katzen, die er auf sie hetzte, die Nase blutig.

Da bat er eine alte Katze, die als besonders tüchtig galt, um Hilfe. Die Katze ging ganz ruhig und langsam in das Zimmer, in dem die Ratte war, als erwarte sie gar nichts Besonderes, und brachte diese kurz darauf im Maul heraus. Die Ratte war mausetot.«

»Und dann?«

»Abends baten die anderen Katzen die Alte, auf dem Ehrensitz Platz zu nehmen, legten sich zu ihren Füßen –«

»Pfoten – so wie du immer zu meinen –«

»Und baten sie, ihnen zu verraten, wie sie es angestellt hatte, die Ratte zu besiegen.«

»Und? Wie hat sie's gemacht?«

»Rate mal!«

»Mit List und Tücke?«

»Nein.«

»Mit Gewalt?«

»Auch nicht.«

»Sie hat ihr gut zugeredet?«

»Hat sie nicht.«

»Wie hat sie's dann geschafft?«

»Mit Ki.«

»Du meinst Kitekat? Ich krieg ja nur ›Juwel‹ oder ›Coshida‹ von Aldi, weil das billiger ist. Wenn ich auch Ki bekäm –«

»Ki bedeutet soviel wie ›die Kraft des großen Geistes‹, ist japanisch und nicht essbar. Die Katze hat sich nicht vorgenommen, die Ratte zu töten. Sie hat auch nicht drüber nachgedacht, wie sie es anstellen könnte. Es ist einfach geschehen. Sie hat die Ratte gepackt und getötet und so im Einklang mit der großen Natur gehandelt.«

Stoffele, den Kopf auf die Pfoten gelegt, schweigt eine Weile hintergründig.

»Was denkst du?«

»Ich sinne«, sagt Stoffele.

»Was sinnst du?«

»Halt so!«

»Aha. Sinn weiter, mein Lieber!« Ich greife wieder zu meinem Buch.

»Abgemurkst ist abgemurkst«, sagt er schließlich. »Der Ratte war es bestimmt egal, ob sie mit Ki oder mit sonst was um die Ecke gebracht worden ist.«

»Schon möglich. Doch das wusste die Katze, die die Ratte getötet hat, auch. Die Geschichte geht noch weiter. Es gebe irgendwo einen Kater, so erzählte sie, der ein ganz besonderer sei.«

Stoffele nickt wohlgefällig. Besonders ist er auch.

»Denn der siege in jedem Kampf, ohne den Gegner töten zu müssen, worum sie leider noch nicht herumkomme. Sie habe noch zu üben.«

»Aha«, sagt Stoffele, Triumph im Blick, »da liegt der Hund begraben. Hab ich mir's doch gedacht. Ein Kater-Ki ist halt doch was anderes als so ein Katzen-Ki.«

»Dieser Kater, erzählte die Katze, habe den höchsten Grad der Vollkommenheit erreicht. Jede Maus spüre sein Ki und wisse, dass es am besten sei, ihm aus dem Weg zu gehen. So siege er über sie, ohne sich die Pfoten blutig zu machen.«

»Aber was frisst er dann?«

»Dosenmaus, vielleicht. Keine Ahnung. Das steht nicht in der Geschichte, weil das zu banal wäre für einen so vergeistigten Kater.«

»Wo hat er nun sein Ki hergekriegt, dieser besondere Kater?«, fragt Stoffele interessiert.

»Das hat er nicht gesagt. Weil er kein Schwätzbold war. Es ist nämlich so: Wer es weiß, der sagt es nicht. Und wer es sagt, der weiß es nicht.«

»Das sagst du nur, weil du keine Ahnung hast.«

»Laotse sagt das. Im ›Taoteking‹, dem Meisterwerk taoistischer Philosophie. Steht dort oben im Regal.«

»Ist der auch ein Kater?«

»Ein besonders alter, weiser Kater.«

Verächtliches Pfotengeschlenker. »Weiße Kater sind nicht so doll. Schwarze sind besser.«

»Mit ›weis‹ meine ich gescheit. Und er sagt auch, wie man dieses Ki bekommen kann.«

Er spitzt die Ohren. »Wie denn?«

»Der Weise, sagt Laotse, versteht die Welt, ohne umherzuschweifen. Er sieht ohne Schauen. Wirkt ohne Tun. Ruhe und Gelassenheit bringen Ordnung in die Dinge des Universums.«

Stoffele bekommt glänzende Augen. »Du meinst,

alle viere von sich strecken? Dann hab ich bestimmt ein tolles Ki.«

»Ganz still muss man sein. Nur so kann man das Gesetz der Dinge von innen her und ganz unbewusst erkunden und eins werden mit Himmel und Erde. Nur in einem ganz ruhigen Wasser kann sich der Himmel spiegeln.«

»Also Schnauze halten und Müffchen machen. Sag ich auch immer.«

»Was, du?«

»Ich sag ja dauernd solche Sachen, in der Hoffnung, dass du durch den Umgang mit mir allmählich geistig zulegst. Aber wohin schmeißt man seine Perlen? Er hat's bestimmt von mir geklaut, der Laotsekater.«

»Laotse hat lange vor dir gelebt. Der kann es nicht von dir haben.«

»Lange vor mir? Blödsinn! Mich hat's immer gegeben. Seit ich da bin. Mit einem Mords-Ki. Im Gegensatz zu bestimmten ki-losen Leuten.«

»Meinst du mich?«

»Ich will dich nicht kränken«, sagt Stoffele sanft. »Aber du siehst nicht sehr nach Ki aus.«

»Du auch nicht!«

»Ich verstell mich bloß. Also sag diesem Laotsekater, er soll mal vorbeikommen, damit ich ihm was husten kann. Wie dem Luther. Dann geht's in einem Aufwasch. Und jetzt leg ich mich wieder hin. Ohne

Bewegung, ohne Tun, ganz still und im Einklang mit der großen Natur werde ich den Fall lösen.«

»Wird auch allmählich Zeit. Ich fände es natürlich bewundernswert, wenn du mit der Kraft deines Ki – aber ich fürchte, das wird nicht gehen. Dem Verlag ist Äkschen lieber als Ki. Die meisten Verlage haben den höchsten Grad geistiger Vollkommenheit noch nicht erreicht. Die stehen mehr auf blutige Pfoten als auf die Kraft des großen Geistes.«

»Dann muss ich halt mein Ki noch zurückhalten. Wir werden die Ratte schon kriegen. Ich mein, den Stern. Und wenn der Stern wieder da ist und wir den Krimi geschrieben haben, werden wir in Zukunft das Gesetz der Dings – also der Dinge – von innen her erkundigen. Im Einklang mit der großen Natur, wenn ich mal so sagen darf.«

»Schön! Und jetzt verschwinde und erkunde das Gesetz der Dinge zunächst noch ein bisschen von außen!«

»Und du schreibst kriminalistisch weiter. Damit die Leser wieder bibbern können. Und vergiss das Lustmolchige nicht. Mach's Fenster auf!«

Statt unlustig kriminalistisch weiterzuschreiben, backe ich lieber lustvoll mein Hutzelbrot. Das Einweichwasser von gestern Abend ist schön braun und riecht anständig. Ich benutze es für den Hefeteig, gebe Zimt, Nelken, Kardamom dazu, auch reichlich Walnüsse,

Haselnüsse, Mandeln, die ich vorher anröste. Orangeat und Zitronat dürfen nicht in den Teig, weil ich das bäbbige, verzuckerte Zeug nicht mag. Hinein darf, nein, muss aber ein nicht zu kleiner Schuss Schnaps. Den Schnaps kriege ich vom Bauern Indlekofer in Birkendorf, und der kriegt für seinen Schnaps immer eine Medaille. Ich verleihe mir selbst eine Medaille für mein Hutzelbrot, das am besten schmeckt mit viel Butter drauf.

Nach dem Backen kommen die Hutzelbrote aber erst mal in mein kühles Schlafzimmer, wo sie zwei Wochen Zeit haben, ihr feines Aroma zu entwickeln.

Das Gesicht im Küchenfester hat sich nicht mehr gezeigt. Da ist wohl die Fantasie mit mir durchgegangen.

Ich nehme ein Buch mit ins Bett, einen Kriminalroman, den ich von Frau Zottel ausgeliehen habe, um herauszukriegen, wie andere Autoren das machen. Der Krimi ist, so verrät der Klappentext, hochgelobt und preisgekrönt. Ein Foto zeigt die Autorin, einen aufstrebenden Stern – schon wieder ein Stern! – am Himmel der Kriminalliteratur. Eine Loreley, elfenzart, mit goldenem Haar. Ich kenn den Stern aus dem Fernsehen, wo er literarische und philosophische Sendungen macht.

Ich schlafe schlecht in dieser Nacht. Durch meinen Traum kullern abgehauene Köpfe; leere, in Einmachgläsern schwimmende Augen glotzen mich an, ich will schreien, kann aber nicht, weil die schöne Loreley mir die Zunge herausgeschnitten und an den Stamm meiner Birke hinterm Haus genagelt hat, wo sie hin- und herzuckt. Eine saftige Blutwelle rollt auf mich zu, die hätte mich mitgerissen, wär ich nicht mit letzter Kraft aufgewacht. Ich bin so nass, dass ich den Schlafanzug wechseln muss.

Um mich zu beruhigen, greife ich nach meinem Stifter und lese, was er in der Vorrede zu den »Bunten Steinen« geschrieben hat und wozu der weise alte Laotse wohl beifällig nicken würde, der ja auch gegen Mord und Totschlag war, gegen das Wilde, Laute, Reißerische, gegen jedes Gedöns und vermutlich auch gegen Krimis. »Das Wehen der Luft«, sagt Stifter, »das Rieseln des Wassers, das Wachsen des Getreides, das Wogen des Meeres, das Grünen der Erde … halte ich für groß. Mächtige Bewegungen des Gemüts, furchtbar einherrollenden Zorn, die Begier nach Rache, den entzündeten Geist halte ich für nicht größer, sondern für kleiner … wir wollen das sanfte Gesetz zu erblicken suchen, wodurch das menschliche Geschlecht geleitet wird …«

Sie haben ja keine Ahnung, Herr Stifter, was wir heute für groß halten!

10. Dezember

Heute bügle ich Geschenkpapiere. Die liegen in der untersten Schublade einer von mir selbst mit Blumen und Vögeln bemalten Bauernkommode. Man kommt allerdings schlecht an sie heran, denn der Schubladenknopf fehlt, und nur mein Kater weiß, wo er ihn hingerollt hat. Deshalb muss die Lade immer etwas geöffnet bleiben, damit ich mit den Fingernägeln, die dabei gern abbrechen, daruntergreifen, den Kasten vorsichtig hin- und herschieben und schließlich herausziehen kann.

Ich habe wahre Schätze von Weihnachtspapier. Einige kenne ich noch aus meiner Kinderzeit.

Als Stoffele erscheint, bügle ich gerade einen Bogen mit einer pfiffig dreinschauenden verknitterten Katze drauf. Meine Schwester Ulrike in Offenburg, deren Leben bereichert wird von etlichen mehr oder weniger liebenswürdigen Katzen – unter anderem von einem Romeo und einem Julchen, die sich spinnefeind sind –, pflegt ihre Geschenke für mich nämlich in Katzenpapier einzuwickeln, das sie dann wiederkriegt, weil ich es, gebügelt und mit gerade geschnittenen Rändern, dazu verwende, nun auch ihr Geschenk darin einzupacken. Tesafilm ist verpönt, der ruiniert jedes Papier. So geht das seit Jahren hin und her. Einige Bogen sind so klein geworden, dass nur noch eine Halb- oder Viertelkatze übrig geblieben ist; diese wird ausgeschnitten und auf einen neuen, meist einfarbigen Bogen geklebt. Auf einem sieht man nur noch einen Katzenschwanz, an dem vor zehn Jahren noch eine muntere Katze dranhing.

Stoffele springt auf den Sessel und erkundigt sich nach dem Fortgang des Krimis.

»Der Schreibkerl hat gesagt, er komme heut nur schwer in die Gänge, und ich solle es später noch mal versuchen. Drum bügle ich Weihnachtspapiere.«

»Die brauchst du aber nur, wenn der Fall gelöst, der Krimi geschrieben und der Große Kater alles wieder beieinander hat.«

»Ich vertrau dir voll und ganz. Hast du was gesehen heut Nacht, das uns weiterbringen könnte?«

»Ich seh immer was, was du nicht siehst.«

»Den Schurken?«

»Noch nicht. Ich hab Vögeles Kühen zugeguckt. Alle hintereinander auf dem Dach.«

»Kühe turnen nicht auf Dächern herum.«

Überlegener Blick. »Ihr habt ja keine Ahnung. Ich hab's mit eigenen Augen gesehen. Die meisten Küh haben eine zarte Seele und sind Dachkühe. Sie fliegen nachts, wenn der Mond scheint, hinauf, hocken sich auf den Giebel und legen der Kuh hintendran den Schwanz um den Hals.«

»Und was machen sie mit dem Euter?«

»Die eine hängt es nach rechts, die andere nach links. Sie passen scharf auf, dass es immer stimmt. Weil Kühe einen Sinn für Ordnung haben. Manche überkommt es auch, und sie machen einen Handstand. Und manche sitzen nur da und gucken still in den Mond, muhen leise, und es wird ihnen so ums Herz.«

»Wie denn?«

»Irgendwie fromm. Das ist gut für die Milch. Und wenn sie genug mondgeguckt, gemuht und gehandstandet haben, rutschen sie auf dem Hintern wieder das Dach hinunter, was ihnen mordsmäßig Spaß macht. Und schlafen und träumen weiter vom Mond. Kühe und Mond passen nun mal gut zusammen.«

»Aber die Stiere und die Ochsen«, gebe ich zu bedenken, »die haben ja kein Euter zum irgendwo Hinhängen.«

»Drum müssen sie auch unten bleiben«, sagt Stoffele. »Sie stehen im Stall und reden darüber, was die Kühe wohl dort oben machen, und ärgern sich, weil sie's nicht wissen. Wenn die Kühe wieder da sind, tun sie so, als tät sie das nicht interessieren.«

Ich staune. »Das habe ich alles nicht gewusst.«

»Drum macht ihr auch Schnitzel aus so einer Kuh, und Gulasch, weil ihr nicht versteht, dass sie eine sanfte Seele hat.«

»Ich esse fast nie Gulasch, aus ethischen, aber auch aus orthografischen Gründen. Weil ich mich immer ärgere, wenn ich im Supermarkt ›Gullasch im Angebot‹ lesen muss.«

»Eine Kuh ist was Besonderes«, sagt Stoffele. »Hast du schon mal auf einem Dach den Mond angemuht und das Euter nach links oder rechts gehängt und fromme Gefühle gehabt?«

»Hab ich nicht. Übrigens – wie kommen die Kühe denn aufs Dach, ungeflügelt wie sie sind?«

»Wer fliegen will, braucht dazu nicht unbedingt Flügel«, erklärt Stoffele. »Nur Engel haben das nötig. Die Kühe sind halt die besseren Engel. Sie haben Fantasie und so was Inniges. Damit kommen sie leicht auf jedes Dach. In irgendeinem Land gibt es viele Kühe, die herumfliegen, über ihre Dörfer und über schöne Kirchen mit goldenen Zwiebeln obendrauf. Sie fliegen über kleine Holzhäuser, die stehen manchmal kopf. Auf ihnen hockt einer mit dunklem Bart und einem Hut und einer Geige, der fidelt ihnen was vor. Das Fliegen ist die wahre Natur jeder sanft beseelten Kuh. Aber ihr Menschen kapiert das nicht, weil ihr so grob gestrickt seid.«

»Woher weißt du denn das alles?«

»Von Vögeles ihrem Mozart. Und der weiß es von den Kühen, weil er nachts oft bei denen schläft.«

Ich schäme mich meiner mangelnden Innigkeit und beende die Bügelei. Mir ist nach einem schönen warmen Bad mit beruhigender Melisse drin. Aber Stoffele, der die Vorderpfoten vom Sessel herunterhängen lässt, sieht mich so drohend an, dass ich mich statt in die Badewanne an den Computer setze.

»Ich bewach dich. Sonst geht's nicht voran. Immer, wenn du nicht weiterkommst, legst du dich in die Badewanne und ersäufst den armen blauen Fisch, der drin rumschwimmt. Vergiss nicht, die Kühe in den Krimi reinzutun.«

»Mein lieber Stoffele, ich weiß ehrlich gesagt nicht, was Vögeles glückliche Dachkühe mit unserem Fall zu tun haben könnten.«

»Ist doch klar. Dachkühe lockern einen Krimi enorm auf. Oder gibt es schon einen mit Dachkühen drin?«

»Glaub nicht.«

»Und wir können dem Leser ja nicht dauernd blutige, stinkige Knochen um die Ohren hauen. Außerdem lernt er was Tiefschürfendes über die Kuhseele, was man ja immer brauchen kann.«

»Aber –«

»Dauernd aberst du rum.«

»Stoffele! Ich weiß nicht recht –«

»Du brauchst gar nix zu wissen. Schreiben sollst du.«

Ich ringe mir ein paar Sätze über die Kühe ab. »Stoffele«, sage ich, als diese glücklich auf dem Dach hocken, »wir haben was vergessen. Was Entscheidendes.«

Er sieht mich misstrauisch an.

»Den Dschungel. Der Verlag will doch unbedingt

einen Großstadtdschungel. Wir sind jetzt schon im zehnten Kapitel und immer noch in Oberweschnegg, was unserer Geschichte etwas ausgesprochen Provinzielles gibt.«

»Was für ein Ausgesprochenes?«

»Hier geht es zu ländlich zu. Wichtige Romane spielen aber fast immer in der Stadt, weil sich da geistig am meisten tut, und ungeistig auch. Urban nennt man so was. Hab ich neulich in einer Literatursendung im Fernsehen gehört. Die Großstadtdschungelluft macht viel krimineller als Landluft. Was sollen wir jetzt tun?«

»Erst mal kratzen«, sagt Stoffele und kratzt sich ausgiebig. »Guck noch mal, was in der Zeitung steht, vielleicht weißt du's nicht mehr genau.«

»Die hab ich weggeschmissen.«

»Hast du nicht. Ich lieg drauf.«

Ich ziehe ihm das Blatt unterm Hintern hervor. »So ein Glück! Der Verlag besteht nicht ausdrücklich auf dem Großstadtdschungel. Er nimmt auch einen anderen. Was Exotisches. Einen Urwald, wie man auch sagen könnte.«

»Wie sieht so ein Urwalddschungel aus?«

»Da fragen wir Monsieur Henri Rousseau, der kennt sich wie kein anderer aus mit Dschungeln. Er hat immer wieder welche gemalt, so dschungelbesessen war er. Er ist oft in den Zoo gegangen, hat sich die wilden Tiere angeschaut und, als er sie dann malte, gezittert vor Angst, sie könnten ihm sein Fell über die Ohren ziehn.«

Stoffele guckt misstrauisch. »Und? Haben sie ihn zerfleischt, zerrissen, zermanscht, zerfetzt?«

»Sonst hätt er das Bild doch nicht malen können. Ich zeig's dir.« Ich hole das Buch aus dem Regal. Stoffele begibt sich vorsichtshalber auf meinen Schoß, und wir betrachten den wunderbarsten aller Urwälder, den ein französischer Zöllner vor hundert Jahren erschaffen hat.

»Der ist ja proppenvoll«, stellt Stoffele fest. »Wie die Löwen mich angucken! Die haben Schiss. Seh ich doch gleich. Verstecken sich hinter den großen Blättern, nur die Köpfe sieht man. Zwischen den Blumen steht einer.«

»Ein Schwarzer. Wie du.«

»Aber kein Kater, der ist nur so ein armer Mensch.«

Der arme schwarze Mensch trägt einen kurzen Rock mit farbigen Querstreifen und spielt Flöte. Was Stoffele nicht wundert. Alle Gestreiften spielten Flöte im Dschungel, was sollten sie auch sonst machen? Besonders gefällt ihm ein Orangenbaum mit leuchtenden dicken Früchten. In den Zweigen sitzt ein langgeschwänzter Vogel. Ein Äffchen hangelt sich von Ast zu Ast. Ein Elefant schlenkert wild den Rüssel, eine Riesenschlange raschelt durchs Grün, ein Mond, es könnte auch die Sonne sein, steht am Himmel und ist blass. Die Blätter von Büschen und Bäumen leuchten in mildem Licht, und alles blüht. Riesige Blüten in weichen Farben, besonders in Blau und Rosa. Erst dann sieht Stoffele, was ein Mensch zu allererst sehen würde: ein rotes Sofa.

»Mitten im Urwald. Komisch, was?«

Stoffele findet das überhaupt nicht komisch. Ein Dschungel ohne Sofa sei doch gar kein richtiger Dschungel.

»Eigentlich hast du recht«, sage ich, »das Sofa gehört unbedingt hinein. Monsieur Rousseau hat gewusst, was einen Dschungel erst zum Dschungel macht.«

»Eine fläzt sich drauf rum. Ganz nackelig. Weil es so heiß ist.«

»Das ist die Jadwiga. Das Bild heißt ›Jadwigas Traum‹.«

Stoffele ist beeindruckt. »Rousseaukater hat gewusst, was wir brauchen. Die Jadwiga kommt als Heldin in unseren Krimi und wird befreit.«

»Wieso befreit? Und wovon?«

»Von Kleidern. Sie ist nackelig befreit. Und die ist nicht wie du. Du hast ja den Zwerg bestimmt noch nicht ausgefragt wegen deiner Geniererei. Passt genau, der Urwalddschungel. Den nehmen wir. Mit allem, was drin rumschleicht und flötet und zwitschert und trompetet und befreit nackelig rumliegt. Du guckst schon wieder so zweifelhaft.«

»Stoffele«, sage ich, »überleg doch mal! Wo hocken wir hier?«

»In Oberweschnegg. Da hocken wir immer.«

»Eben. Nicht in einem exotischen Urwalddschungel.«

Stoffele rollt denkerisch die Vorderpfoten ein.

»Wenn wir nicht in den Dschungel kommen, kommt der Dschungel zu uns«, verkündet er dann entschlossen.

»Aber wie kriegen wir den dazu, sich aus Monsieur Rousseaus Bild, das übrigens in New York hängt, hierher zu bewegen?«

»Mit Ki.«

»Ich fürchte, davon hab ich nicht so viel.«

»Ich mein ja auch nicht dein Ki, sondern mein Ki. Mein Kater-Ki.«

»Und wo täten wir ihn hin, wenn wir ihn denn hätten?«

»Auf die Wiese hinter Vögeles Haus. Dort ist Platz genug.«

»Aber wir haben Dezember. Winter. Kälte. Eis und Schnee. Im Dschungel ist's schwül und dampfig, sonst hätt die Jadwiga einen Pullover an und der Schwarze lange Hosen und einen Schal um den Hals und eine Mütz. Sieht das nicht blöd aus, ein schwüler, farbig leuchtender Urwalddschungel in einem verschneiten Dorf im Hochschwarzwald?«

»Das ist nicht blöd«, sagt Stoffele, »sondern kühn. Das soll uns mal einer nachmachen.«

»Ungemein kühn. Und wie kriegen wir eine schöne

Weihnachtsstimmung in den Dschungel? Daran liegt dem Verlag nämlich viel.«

»Den Flär?«

»Denselben.«

»Für den Flär stellen wir einfach einen Christbaum hinters Sofa. Mit Kugeln dran. Und der Schwarze mit der Flöte spielt dann ›O Tannenbaum‹. Und – von wo kommt der her?«

»Aus New York.«

»Nix New York. Er soll ›Vom Himmel hoch da komm ich her‹ spielen. Und: ›Wer hat die Kokosnuss geklaut‹.«

Ich finde geklaute Kokosnüsse nicht ausgesprochen weihnachtlich.

»Ist doch wurscht. Jedenfalls sind sie geklaut. Wie der Stern. Der Schwarze tut flöten, die Löwen tun singen.«

Dann befiehlt er mir, für heute aufzuhören mit dem Schreiben, das Geklappere störe doch sehr beim nachdenklichen Grübeln. Das Buch mit Urwaldbild solle ich neben seinen Sessel legen. Er drückt den Kopf auf die Pfoten und guckt so tief, so versonnen, dass jeder andere ihn für einen Denker halten würde. Politiker gucken gern so. Ich aber kenne meinen Kater. Immer wenn er so guckt, denkt er rein gar nichts. So guckt er auch, wenn er auf seinem Katzenklo sitzt. Er tut nur so, als denke er.

Um nicht dauernd überlegen zu müssen, wie Monsieur Rousseaus Dschungel, sollte Stoffele ihn mit seinem Ki tatsächlich nach Oberweschnegg schaffen, in unseren Krimi hineingewurstelt werden könnte, backe ich Nuss-Möppchen. Nach einem Rezept aus dem Buch »Weihnachtsbrötle aus Südbaden«.

Die Möppchen gehen so: Ich rühre Margarine schaumig. Das heißt, ich rühre Butter, weil ich Margarine verachte und vermute, das Rezept stamme aus einer irregeleiteten Zeit, in der man über die gute alte Butter hergezogen hat. Da ich mir beim Backen gern schöpferische Freiheiten erlaube, nehme ich statt falschem Vanillezucker echte Vanille, statt Rum-Aroma echten Rum und statt des Zuckers braunen Rohrohrzucker, wohl wissend, dass ich mich da selbst belüge, denn der braune Zucker ist genauso gemein wie der weiße. Tarnt sich aber als gesünder. Ich mische Dinkelmehl 630 mit Backpulver, gebe etwas Grieß dazu und gemahlene Nüsse, stelle den Teig auf den Balkon, weil mein Kühlschrank so voll ist, dass jedes Mal, wenn ich die Tür aufmache, etwas herausfällt. Am liebsten ein Ei. Dann geh ich an die frische kalte Winterluft.

Später hole ich den vor Kälte bibbernden Teig ins Warme, forme eine dicke Wurst, von der ich Scheiben schneide, diese rolle ich zu Kugeln, setze sie auf das Blech und stecke in jede Kugel eine Nuss. Das Backbuch besteht auf Haselnüssen, ich aber nehme Walnüsse, weil in meinen Haselnüssen kleine Würmchen eingezogen sind, und ich fände es inhuman, die mitzubacken.

Dann kommen die Möppchen in die Röhre. Da sollen sie fünfundzwanzig Minuten drinbleiben, aber nicht in meinem Backofen; der Kerl ist so hitzig, dass fünfzehn Minuten reichen.

Nun dürfen sie auskühlen. Dann probieren wir. Stoffele erst, nachdem ich ihm versichert habe, es sei nur richtige Butter drin. Er ist nun mal ein Feinschmecker.

Die Haselnüsse mit den Würmchen spendiere ich meinen Vögeln. Damit sie auch was von Weihnachten haben.

Der Abend naht. Stoffele dehnt und streckt sich, erfrischt von der vielen Denkerei. »Läuft's?«

»Gar nichts läuft. Dieser Computer ist so was von einfallslos. Ich auch. Wie immer, wenn mir was einfallen muss. Überhaupt: Einfälle stören und sind eher bedrohlich, drum heißen sie auch so. Es gibt Hunneneinfälle, Heuschreckeneinfälle – Katereinfälle – guck nicht so. Wer ist denn eines Tages bei mir eingefallen?«

»Ein schwarzer Kater namens Mephistopheles«, sagt er. »Hinten weiß getüpfelt.«

»Und aus war's mit meiner Ruh.«

»Nix Ruh! Äkschen! Wir schreiben einen Krimi

mit einem noch nie da gewesenen Verbrechen, Leidenschaft, unterdrückten Heldinnen, einem weggen Stern mit weihnachtsvernichtenden Folgen und kommender Berühmtheit. Stell dich nicht so an. Du musst ja nicht selber denken. Nur schreiben.«

»Ich bin kein Eckermann«, sage ich grollend. »Eckermannkater hat aufgeschrieben, was« – Blick zum Bücherschrank – »Goethekater ihm diktiert hat. Wer diktiert mir? Und schließlich kommt es weniger drauf an, was man schreibt, aber wie! Man gibt sich ja Mühe, hat einen literarischen Anspruch. Man muss die richtigen Wörter suchen.«

»Blödsinn. Du brauchst sie ja nur zu finden.«

»Die richtigen Wörter spielen nun mal gern Verstecken. Ich rackere mich ab, während du dich auf meinem Sessel fläzest.«

»Auf meinem!« Er rollt sich hin und her, was mich erbost.

»Stoffele, ich sag's ganz deutlich: Du hast mich überrumpelt und gezwungen. Ich mach nicht mehr mit. Ich will, wie Stifter sagt, ›mir die unbedeutenden, ja, nichtigen Erscheinungen des Lebens anschauen, ich will müßig leben, will tun, was mir der Augenblick und die Neigung eingibt, will Haus und Garten genießen, die Nachbarn besuchen und die Dinge an mir vorüberfließen lassen, wie sie fließen‹.«

Stoffele verfinstert zusehends. Sein Schwanz klopft auf die Sessellehne.

»Ich will überhaupt nicht schreiben. Die ganze Welt schreibt. Sogar Vögeles Gwendolyn, die immer den Stall ausmistet. Jeder, der auf sich hält, hat einen Roman in der Schublade. Außerdem haben wir bis jetzt nichts als einen verschwundenen Stern, einen blutigen Knochen, ein paar glückliche Dachkühe und einen Dschungel, der aber erst in Planung ist. In einem anständigen Krimi lägen jetzt schon ein paar bös zugerichtete Leichen auf oder unterm Dschungelsofa herum. Die hast du wohl vergessen. Und wir haben nicht mal einen roten Faden.«

»Was für einen Faden?«

»Den muss jede Geschichte haben, die auf sich hält. Damit die Personen sich an ihm entlanghangeln können und sich nicht in der Geschichte verheddern oder verloren gehen. Der Leser auch. Wie der Theseus am Faden der Ariadne.«

»Hä?«

»Der Theseus«, sage ich, »war ein Held.«

»Wie ich.« Stoffeles Selbstachtung ist außerordentlich und weitaus größer als die meine.

»Eines schönen Tages ging er in das berühmte Labyrinth, um den dort hausenden Minotaurus zu töten. Ein Labyrinth ist ein Gebäude, aus dem man den Weg hinaus nicht mehr findet. Der Minotaurus war ein Ungeheuer, vorne Stier, hinten Mensch, der jedes Jahr ein paar Jungfrauen und Jünglinge zu verspeisen pflegte. Damit Theseus wieder rausfinden konnte aus dem Labyrinth, zog Ariadne, die Königstochter, die sich in ihn verguckt hatte – was sie besser nicht getan hätte, denn er hat sie später sitzen lassen –, Ariadne also zog einen roten Faden durch die Gänge. Theseus murkste den Minotaurus ab und hangelte sich an dem roten Faden wieder ins Freie.«

»Dann her mit dem roten Faden!«, fordert Stoffele.

»Ich seh nirgends einen. Aus dieser Geschichte findet kein Schwein mehr heraus. Nein, ich schreibe nicht. Ich will wie früher auf meinem lieben Sessel sitzen, den Wolken zuschauen, wie sie über den Garten hinwegziehen, dem Tag beim Vergehen und dem Mond beim Scheinen, will unblutige Geschichten ohne brennende Aktualität lesen, die sich ein anderer ausgedacht hat. Ich will Stifter lesen. Sätze wie diesen: ›Die Abhänge prangen mit Matten der schönsten Bergkräuter und mit mancher Herde, deren Geläute mit einzelnen Klängen sanft emporschlägt zu der oben harrenden Stille der Wälder.‹«

»Ich mag kein Gebimmel.« Stoffele legt die Ohren zurück.

»Gut, dann diesen: ›Nie hat man jemand gesehen, dessen Bau und Antlitz schöner genannt werden konnte, noch einen, der dieses Äußere edler zu tragen verstand. Ich möchte sagen, es war eine sanfte Hoheit, die um alle Bewegungen floß, so einfach und so siegend, daß ...‹«

»Woher kennt der mich?«, fragt Stoffele.

»Ich hab Herrn Stifter von dir erzählt. Aber was hab ich vorhin gesagt? Was wollt ich haben?«

»Deine Ruh«, sagt Stoffele verächtlich.

»Richtig. Wie war mein Leben früher doch beschaulich! Ganz ohne Äkschen! Und diese Sternengeschichte ist idiotisch. Warum nur tu ich mir das an. Ein Krimi mit einem schwarzen Kater als Held! Wo doch schon genug von eurer Sorte die Literatur – vor allem die Kriminalliteratur der letzten Jahre – überbevölkern. Aus jedem dritten Krimi hängt schon ein Katzenschwanz.«

»Mit weißem Tüpfel hinten?«, sagt Stoffele kühl.

»Keine Ahnung. Der Tüpfel ist ja nicht das Entscheidende.«

»Wer keine Ahnung von der Wichtigkeit von hinteren Tüpfeln hat, der hält besser die Schnauze.«

Wir schweigen uns erbittert an.

»Mephistopheles, ich will nicht mehr, ich kann nicht mehr, ich hab genug. Ich stecke in der tiefsten Krise meines Lebens.«

»Wo drin?«

»Eine Krise ist ein Loch, in das die Seele hineinfällt.«

»Und was macht sie in dem hineingefallenen Loch?«

»Sie heult. Es muss etwas geschehen. Ich meine, es muss überhaupt nichts geschehen.«

»Du hast mich nicht mehr lieb«, sagt Stoffele dumpf.

»Blödsinn. Das weißt du genau.«
»Dass du mich nicht mehr lieb hast, weiß ich.«
»Die Leier kenn ich. Schluss damit!«
»Jawohl. Wir machen Schluss.«
Stille. Eine Fliege summt tückisch, der Kühlschrank surrt gefährlich, drohend knarren die Deckenbalken.
Stoffele sieht mich tragisch an. »Du brauchst mich nicht mehr. Du willst mich los sein. Wahrscheinlich hast du einen andern. Der Mohr hat seine Schuldigkeit getan, der Mohr kann gehen, was in diesem Fall gleich doppelt passt, denn ich bin ein armer schwarzer Mohr und auch ein armer Kater. Ich geh.«
»Jetzt? Es ist doch schon Kuhnacht. Und wohin? Zu deinem Büchermillionär zurück oder zum Pfarrer nach Sankt Blasien?«
»In die Fremde. Ins saukalte Elend, wo überall Eiszapfen und Frostbeulen dranhängen. Weil ich keine dableibende Stätte hab, wo ich meinen Hintern draufsetzen kann.«
»Und was willst du dort machen?«
»Erst mal sterben«, sagt er düster. »Gaaaanz langsam und äußerst schmerzhaft. Dann werd ich mich schon irgendwie durchschlagen. Gleich morgen schlepp ich mich davon.«
»Du bleibst doch noch zum Frühstück?«
»Klar. Danach schüttle ich den hier reichlich vorhandenen Staub von meinen Pfoten.«
»Im Elend gibt's aber weder Büchsen noch Körb-

chen noch Menschen, die einen Kater streicheln könnten.«

»Mir wurscht«, sagt er. »Wär mir recht, wenn du mir nachher noch eine Büchse aufmachen tätest.«

Er legt sich hin und drückt den Kopf auf die Pfoten.

Der Anblick geht mir zu Herzen. »Aber Stoffele! Nun sei doch nicht so. Für mich bist du der einzige und allerwichtigste Kater am Himmel und auf Erden. Bitte, bleib! Mit wem soll ich mich dann um den Sessel streiten? Wer brüllt mich frühmorgens aus dem Bett? Ohne Katzenhaare drin schmeckt mir mein Mirabellenmus nicht. Das mit dem Staub hättest du aber nicht zu sagen brauchen.«

»Stimmt aber. Der Kater Murr sagt auch, du wüsstest nicht mal, wie ein Staublappen aussieht, da könnt er ein Lied davon singen, weil er sich dauernd putzen muss. Der kommt nämlich manchmal nachts vom Bücherschrank herunter zu mir auf den Sessel. Gestern war auch der Hidigeigei auf einen Sprung da.«

»Murr und Hidigeigei sind nur ausgedachte Kater. Der eine von Herrn E. T. A. Hoffmann, der andere von Herrn von Scheffel. Das kannst du ihnen sagen, mit einem schönen Gruß von mir. Sie sollen sich bloß keine Illusionen über sich machen. Papiertiger sind sie, wie sie im Buche stehen!«

»Und wie es die gibt. Der Murr hat sogar seine Memoren geschrieben, und der Hidigeigei spielt Mundharmonika. Zum Heulen schön.«

»Du hast geheult?«

»Ich nicht. Er.«

»Aber der Hidigeigei spielt gar nicht. Sein Herrchen spielt. Und die Mundharmonika ist eine Trompete. Die Trompete des ›Trompeters von Säckingen‹.«

»Da sieht man, wie du lügst.« Stoffele hebt die pädagogische Pfote: »Kater haben grundsätzlich kein Herrchen. Nur Hunde. Ein Kater ist ein selbstständiger Staat mit Schwanz.«

»Das merk ich jeden Tag. Außerdem ist das nicht von dir, das steht im ›Literarischen Katzenkalender‹, den meine Schwester mir immer zu Weihnachten schenkt. Ich schenk ihr auch immer einen. Ich hab's dir vorgelesen, und es hat dir so gefallen, dass du's auswendig gelernt hast.«

Sein Schwanz peitscht hin und her. »Die Folgen sind dir ja wurscht. Der Große Himmelskater kriegt seinen Schwanzspitzenstern nicht mehr wieder. Und Weihnachten fällt aus. Für immer und ewig.« Messerscharfer Blick. »Wegen dir.«

»Aber mein Sessel wird endlich wieder frei.«

»In dem du dann katerlos hocken kannst. Vermutlich wirst du geistlich verblöden. Das muss ich ja nicht mehr mit ansehen. Weil ich weg bin.«

Er dreht mir den Hintern zu.

»Stoffele! Nun sei doch nicht so.«

»Meine Seele«, sagt Stoffele, »hockt auch in einem tiefen, tiefen Loch. Dagegen ist dein Seelenloch nix.«

Seine Stimme klingt umflort. Und nicht nur die Stimme, der ganze Kater ist umflort, eine Aura von Tragik umgibt ihn. Tragische Auren kriegt er immer gut hin.

»Tut mir leid«, sage ich.

»Lauter!«, flüstert er.

»Dass es mir leidtut, hab ich gesagt.«

Er dreht sich zu mir um.

»Tut mir sehr leid.«

Er sieht mich an. Augen zu. Augen auf. Wieder zu – wieder auf. Todtrauriger Blick. »Es muss sein.«

Schweigen.

»Du kannst doch nicht abhauen und deine Seele allein im Loch hocken lassen.«

Er springt vom Sessel. »Heut Nacht schlaf ich draußen vor der Tür.«

»Nun komm schon zurück!«

»Nix da.«

Ich lege ein Kissen auf den Sessel und klopfe darauf.

»Ich könnt ja. Wenn ich wollt.«

»Wo ein Wille ist, ist auch ein Weg.«

»Ich muss ja nicht unbedingt fort, oder?«

»Kein Kater auf der Welt muss irgendwas«, sage ich. »Mein Kater erst recht nicht. Der Kater ist frei geboren. Schiller sagt das auch.«

Stoffele kratzt sich. »Ich mein, weil es sonst mit der Geschichte ja auch aus ist, was sich nicht so gut macht.«

»Sehr schlecht macht sich das.«

Fast einverständliches Schweigen.

»Knirschst du?«, fragt Stoffele.

»Und wie. Ich bin zerknirscht.«

»Wie zerknirscht?«

»Ganz. Von oben bis unten.«

»Knirsch mal!«

Ich knirsche.

Stoffeles Blick wird sanft. »Dann will ich halt nicht so sein. Ich sag meiner Seele, sie soll wieder rauskommen aus dem Loch.«

»Ich sag's meiner auch.«

Er springt aufs Kissen, trappst darauf herum und legt sich dann zurecht. Zwei Seelen klettern aus ihren Löchern und sehen sich freundlich an.

»Das war prima«, sagt Stoffele. »Das machen wir gleich noch mal.« Und fängt an, wieder zu verdüstern.

»Nein, mir reicht's.«

»Also ich bleib dann halt«, sagt Stoffele. »Ist ja auch nicht so übel, wenn man als Kater jeden Morgen seine warme Milch kriegt und seinen Streichel und so.«

»Als Mensch sollte man froh sein, wenn man einen schönen klugen Kater hat, und ihn nicht vergrätzen.«

»Find ich auch. Und jetzt gibst du dir einen Zusammenruck und fängst endlich an mit dem Krimi. Ich mein, mit dem Aufschreiben.«

Ich gebe mir einen Zusammenruck. »Ich sollt mich was schämen. Wo du doch schon bis zum Hals in dem Fall drinsteckst, mein lieber Stoffele.«

»Die Libelle ist ein guter Anfang der Geschichte

vom verschwundenen Stern am Ende vom Schwanz vom Großen himmlischen Kater, worauf nicht jeder gekommen wär. So bescheuert bist du nun auch wieder nicht. Die Zunge wird dir aus dem Hals hängen, weil du kaum nachkommst mit der Schreiberei.«

»Wird auch Zeit«, sage ich. »Wir haben dem Leser gegenüber eine Verpflichtung!«

»Vertrau auf deinen treuen Stoffele. Der schwarze Heiligedreikönig hat meinem Urururururgroßkatervater übrigens immer eine kleine Leberwurst zur Stärkung reichen lassen.«

Ich bin zwar kein Heiligerdreikönig, aber eine Leberwurst findet sich trotzdem im Kühlschrank, die Stoffele gnädig annimmt und milde stimmt:

»Wenn du willst, kannst du ein bisschen auf den Sessel.«

»Vielen Dank, lieber Stoffele. Wenn du dich auf meinen Schoß setzen wolltest, könnt ich dich hinter den Ohren kraulen. Oder magst du etwas warme Milch?«

»Im Kühlschrank steht noch eine Schüssel mit Schlagsahne.«

»Wenn ich sie dir holen darf –«

»Du darfst. Und sag dem, der so begeistert von mir ist, einen schönen Gruß.«

»Wen meinst du?«

»Der das von dem edlen Kater mit der sanften Hoheit gesagt hat.«

»Das ist Herr Stifter aus dem Bayerischen Wald. Der ist viel zu weit weg. Übrigens hat er mal eine Geschichte geschrieben, die heißt ›Katzensilber‹.«

»Wenn er uns besucht hat, soll er eine über mich schreiben.«

»Und wie heißt die dann?«

»Katergold.«

Ich verspreche es ihm. In die Pfote.

»Hast du den Luther schon runtergeputzt, wegen Lügenhaftigkeit?«

»Noch nicht, erst muss der mal nach Oberweschnegg kommen. Wie läuft's mit dem Dschungel?«

»Er wird. Gar nicht so leicht, das ganze Zeug aus dem Bild zu uns zu schaffen.«

»Wie machst du das überhaupt?«

»Hab ich doch gesagt. Mit Ki. Und Stück für Stück. Heut Nacht hab ich mir einen von den Löwen vorgenommen. Erst hab ich ihn ganz klitzeklein gedacht, dann –« Er sieht mich von der Seite an.

»Dann?«

»In ein Ei. Wo er jetzt drinhockt.«

»Aber ein Löwe macht noch keinen Urwald.«

»Der zweite kommt schon noch. Hetz mich bloß nicht. So was dauert.«

»Und wenn der ganze Dschungel im Ei drin ist?«

»Dann brüt ich ihn aus.«

»Bist du ein Kater oder ein Huhn?«

»Ich setz mich ja nicht drauf. Ich nehm das Ei in

meine Pfoten und wärm es. Wenn es warm genug ist, roll ich es auf Vögeles Wiese. Dann sag ich: Es werde Dschungel! Und es wird Dschungel. Dann schlüpft er aus. Und dann ist er da. Und Stoffele sieht, dass es gut ist.«

»Amen«, sage ich. »Aber was sollen wir mit einem Minidschungel anfangen?«

»Draufpinkeln.«

»Mephistopheles!«

»Pinkeln ist immer gut. Dann wächst das Zeug in einem Affenzahn und wird ganz schnell ganz groß. Und jetzt halt den Mund, jetzt kommt nämlich der Elefant dran.«

11. Dezember

Gegen zehn klingelt das Telefon.

»Stoffele, wir kriegen Besuch. Frau Steinbeiß bringt ihn mit und lässt ihn da.«

»Das fehlt gerade noch!« Seine Schwanzspitze protestiert heftig. »Ich hab – wir haben alle Pfoten voll zu tun mit unserem Fall. So ein Dschungel zehrt an den Kräften. Ich mach gerade den Schwarzen, der flötet.«

»Der Besuch hat vier Pfoten, zwei Ohren, einen Schwanz und einen Schnurrbart.«

»Wozu brauchst du noch einen? Was Besseres als mich kriegst du nicht.«

»Der Besuch bleibt bloß ein paar Tage.«

»Hier wohn nur ich!« Sein Schwanz klopft bei jedem Wort auf den Boden. »Das Haus ist voll von mir bis unters Dach.«

»Ich hab Frau Steinbeiß gesagt, sie könne beruhigt ein paar Tage in den Skiurlaub fahren. Mein Stoffele, eine Seele von einem Kater, räume sein Körbchen und ziehe beglückt ins Bügelzimmer.«

Er zieht die Lefzen hoch, was eher wild aussieht als beglückt. »Sie bricht sich bestimmt die Haxen. Und dann haben wir den Kerl am Hals.«

»Frau Steinbeiß war südbadische Meisterin im Riesenslalom, und der Besuch ist kein Kater.«

»Nicht? Wo er doch vier Pfoten, einen Schwanz und einen Schnurrbart –«

»Es gibt nicht nur Kater auf der Welt, mein Lieber. Es gibt auch Katzen.«

Stoffele stellt Ohren und Schwanz, dessen umgeknickte Spitze höchstes Interesse anzeigt. »Hast du – ›Katze‹ gesagt?«

»Ja. Eine kleine feine Katze.«

Er leckt sich die Schnauze. »Wie fein?«

»Das wird sich zeigen.«

»Streifen oder Tupfen? Fleckig oder kariert? Rot, grün, gelb oder blau?«

»Weiß und dunkel gefleckt. Etwa ein Jahr alt.«

»Einen Kater hätt ich nicht erlaubt«, erklärt Stoffele sinnesgewandelt, »aber eine liebe kleine feine Katze, ein Kätzchen, Kätzlein, Kätzelchen, ein schnuckeliges Schätzelchen – heißt sie irgendwie?«

»Hexle. Dann haben wir hier einen Teufel und eine Hex. Sehr weihnachtlich. Ich weiß ja, dass du furchtbar viel um die Ohren hast, aber trotzdem wär es nett, wenn du dich ab und zu etwas um sie kümmern würdest.«

»Dann will ich mal nicht so sein. Man kann ja nicht ständig Verbrecher jagen und Dschungelurwälder schöpfen. Und die kaputte Leiche, auf die du so scharf bist, kann ruhig noch ein bisschen warten.«

Am frühen Nachmittag liefert Frau Steinbeiß unseren Besuch ab und fährt weiter, alpenwärts.

Hexle ist ein kulleräugiges, weiß befelltes, dunkel geflecktes junges Ding, ein richtiger Quirl, der keine Ruh im Leib hat und erst mal alles ausnasen muss.

Dann hat mein Kater seinen großen Auftritt. Er springt aus dem Garten aufs Fensterbrett und sitzt dort eine Weile. Gewöhnlich fläzt er sich herum, gähnt ordinär, drückt den dicken Kopf auf die Pfoten und lässt den Schwanz schlapp herunterhängen. Heute aber sitzt er da, erhaben, wie für die Ewigkeit. Hat die Pfoten ordentlich nebeneinandergestellt, den Schwanz schön um sich herumgelegt, die Brust herausgedrückt, den Bauch eingezogen und blickt sinnend in den Garten.

»Liebster Stoffele, willst du nicht reinkommen? Die Hex ist da.«

Stoffele dreht den Kopf ganz langsam her. »Wer ist das denn?«

»Hab ich dir doch erzählt.«

Er springt elegant ins Zimmer und schreitet auf uns zu. Im Wiegegang. Die kleine Katze hüpft von meinem Schoß. Stoffele blickt auf sie hinunter und sagt mit der tiefsten Stimme, die er hinkriegt, geradezu erzengelhaft: »Fürchte dich nicht!«

Hexle rennt, keine Furcht vor Erzengeln und Katern kennend, um ihn herum und grabscht freudig nach seinem Schwanz. Stoffele zieht ihn empört ein und legt eine Pfote darauf. »Mein Schwanz gehört mir! Trotzdem: Willkommen in meinem Haus! Du stehst unter meinem Schutz und Schirm.«

Hexle macht einen Luftsprung.

»Ich bin Mephistopheles. Der schwärzeste, gefährlichste, gefürchtetste und teuflischste aller Teufel.«

Dafür kriegt er einen Nasenkuss.

»Und ein ziemlich lieber Kater«, sage ich.

Stoffele guckt mich ziemlich unlieb an und erklärt, er habe noch Wichtiges vor.

»Um diese Zeit? Da machst du doch immer in meinem Sessel ein Nickerchen und schnarchst, dass die Fliegen von der Wand fallen.«

»Von wegen Nickerchen«, sagt er kühl. »Das Gemäuse hinterm Kompost wird immer müpfiger. Denen beiß ich jetzt die Schwänze ab und zieh ihnen das Fell über die Ohren. Außerdem schnarch ich nie. Du schnarchst!«

»Aber Stoffele! Du kannst doch kein Blut sehen. Letztes Mal ist dir furchtbar schlecht geworden, als der Zottel von nebenan eine tote Maus angeschleppt hat.«

Stoffele wirft mir einen vernichtenden, Hexle einen wilden Blick zu, springt aufs Fensterbrett, wobei er abrutscht und erst beim zweiten Anlauf hinaufkommt, und wird nicht mehr gesehen.

Die kleine Hex hat eine Vergnügungsreise durchs Haus gemacht, hat alles beschnuppert, ins Katzenklo gepinkelt, Stoffeles Brekkies herumgeschoben und dann eine unters Sofa gerollte Bienenwachskerze, die ich schon schmerzlich vermisst habe, durchs Zimmer getrieben. Nun steckt sie immer wieder ihre Pfote durch das Loch im Pullover, der in Stoffeles Körbchen liegt. Bald ist es so groß, dass sie mit dem Kopf hindurchkommt, was gewinnend aussieht. Statt den Computer anzuschalten, wie ich versprochen habe, binde ich einen Bommel an eine Schnur und lass Hexle danach springen. Das macht mir mehr Spaß als die Schreiberei. Dann öffne ich die Haustür, um die Zeitung zu holen und – »Was ist das?«

Hexle saust mir nach. Auf der Matte eine fette, mausetote Maus. Neben ihr hockt Stoffele. »Magst du Maus? Aus deutschem Garten frisch auf den Tisch!«

Und wie sie mag. Mein sensibler Kater, dem das Zusehen Pein macht, dreht sich um. Es bleiben übrig: ein blutiger Fleck, die bittere Galle und ein Stück vom Schwanz. Dann schlabbert die Kleine eine Schüssel voll Milch leer, streicht um Stoffele herum, reibt ihr Köpfchen an ihm, fällt in sein Körbchen und schläft sofort ein.

Stoffele verlangt nach Haferbrei und verschwindet.

Nach zwei Stunden taucht er wieder auf.

»Was haben die Kompostmäuse gesagt, als du sie entohrt, entschwanzt und entpelzt hast, lieber Stoffele?«

Er wirft einen Blick ins Körbchen, legt die Ohren zurück und dämpft die Stimme. »Sag nicht Stoffele zu mir, solang sie da ist. Sie soll Angst vor mir haben. Eine ganz kleine Angst wär nicht übel. Sonst denkt sie schreckliche Sachen von mir.«

»Schreckliche Sachen?«

»Ja. Dass ich lieb und zahm bin.«

»Bist du doch auch, lieber – Mephistopheles.«

»Das«, meint Stoffele, »bleibt unter uns. War nicht fein von dir, was du von den Mäusen gesagt hast, und dass mir immer schlecht wird, wenn ich Blut seh. Jetzt denkt sie vielleicht, ich bin ein Schwächling.«

»Bestimmt nicht. Du hast großartig ausgesehen am Fenster. Unglaublich beeindruckend.«

»Find ich auch.«

»Willst du angeben?«

»Nur ein ganz klein wenig. Damit sie mich bewundert. Kater sind nämlich zum Bewundern da.«

Hexle maunzt im Schlaf ein paarmal.

»Wer sagt das?«

»Das sagen alle Kater.«

»Ich bewundere dich«, sage ich. »Ziemlich.«

»Ziemlich langt nicht. Wenn man hochgradig bewundert wird – von oben bis unten, von vorne bis hinten und rundherum und dann wieder von vorne –, ist das ein sehr angenehm kribbliges Gefühl, das von den Ohren bis zum Schwanz dauert. Auch innen kribbelt es, in der Seele.«

Hexles Pfoten zucken im Schlaf.

»Du könntest ihr ja sagen, dass ich in einem kriminellen Fall drinstecke, der bis in den Sternenhimmel reicht. Und jetzt« – er bekommt Funkelaugen – »hab ich eine glänzige Idee.«

»Deine Ideen, lieber Stoffele, glänzen fast immer.«

»Wir stecken die kleine Hex in unseren Krimi.«

»Aber wir haben doch schon eine Heldin. Wenigstens demnächst. Die von Kleidern befreite nackelige Jadwiga.«

»Die setzen wir wieder ab. Der Held braucht unbedingt jemand, der ihm sagt, dass er einer ist. Und die Jadwiga sieht nicht so aus, wie wenn sie mich bewundern tät. Die guckt immer zu diesem Flötenheini.«

»Dafür hast du ja mich. Ich bewundere dich zehnmal am Tag.«

»Schon. Aber man hört's ja auch gern von jemand anderem.«

»Stoffele, die Hex bleibt draußen. Und du kümmerst dich gefälligst um deinen Fall. Unser Krimi hängt schon wieder durch. Die Leiche, die du versprochen hast, wird ungeduldig. Der Dschungel ist auch noch nicht da. Und was den Sternenfall angeht, sind wir kein bisschen weitergekommen.«

Stoffele wirft mir einen schiefen Blick zu und schreitet von dannen.

»Mitten in dem Schloss ist ein Körbchen mit einer wunderschönen Katzenprinzessin herumgestanden. Die war mit der Pfote in was Spitzes getreten, und dann fiel sie um und bum. Dann haben sich Rosen um das Schloss herumgewickelt, damit niemand rein kann und die Prinzessin abschleppt. Aber eines Tages ist ein herrlicher Katerprinz, natürlich schwarz, kühn durchs Küchenfenster gesprungen und hat der Fee, wo die Milch hat anbrennen lassen, eine gefetzt, und sie hat ihm ein paar unfreundliche Wörter und den Kochlöffel hinterhergeschmissen. Der Prinz hat der Katzenprinzessin eine Maus ins Körbchen gelegt, und sie hat ihn bewundert und angeschnurrt und nasgeküsst. Und wenn sie nicht, und so weiter, dann schnurren sie heute noch.«

Ich schau zum Fenster hinaus. Die kleine Hex sitzt auf dem Schneemann, und vor ihr hockt mein Kater. Im Hintergrund Zottel, lauernd.

»Wo hast du denn die Geschichte her, Stoffele?«

»Die hab ich selber gemacht. Ich glaub, ich bin auch ein Dichterkater. Wie der mit dem großen Schnauzer.«

»Dein Schnauzer ist viel eindrucksvoller als der von Rilkekater. Und so eine Geschichte hätte der nie hingekriegt. Wer hat Hunger?«

Hexle saust herbei. »Halt!«, brüllt der Dichterkater und rennt hinterher. »Der Kater frisst zuerst.«

Am Abend muss er ein ernstes Wörtchen mit mir reden. Wegen der kleinen Hex. Er habe das Gefühl, die brauche dringend eine starke Hand. Er werde ihre Erziehung in seine vier Pfoten nehmen.

»Und wenn sie dir nun auf die Pfoten haut?«

Stoffele antwortet als echter Vertreter der alten autoritären Erziehung. »Wenn hier einer haut, dann ich. Hat die ein Glück! Von einem Kater wie mir kann sie viel lernen.«

»So? Was denn?«

»Wie man sich an einen Vogel ranschleicht. Eine Maus fängt. Auf Bäume klettert. Wie man schnurrt. Wie man sich putzt und schleckt. Wie man Menschen rumkommandiert.«

»Dazu hat sie dich nicht nötig.«

»Davon verstehst du nix. Eine Katze allein ist aufgeschmissen. Sie braucht jemand, der ihr alles erklärt. Einen Kater. Aber am wichtigsten ist, dass er ihr beibringt, wie man sich als Katze zu benehmen hat.«

»Woher weißt du als Kater, wie man sich als Katze benimmt?«

»Das weiß doch jeder Kater. Und jetzt geh ich rüber zu Zottel. Muss ihm was Vertrauliches sagen.«

»Was denn?«

»Wenn er noch mal so guckt, wie er geguckt hat, als ich Hexle vorhin die Geschichte erzählt hab, sind wir geschiedene Feinde.«

12. Dezember

»Stoffele, erwache!« Ich wedle mit der Zeitung vor seiner Nase hin und her. Hier drin stehe unter der Rubrik ›Mysteriöses aus der Welt der Kunst‹ etwas Interessantes über das Dschungelbild von Monsieur Rousseau. Die zwei Löwen seien weg. Der Schwarze auch. Und der Elefant. Man habe das ganze Museum durchsucht, aber keine Spur von den vieren gefunden. Die Kunstwelt stehe vor einem Rätsel.

»Das Rätsel«, sagt Stoffele, »verdankt sie mir.«

Hexle, auf dem Kaminbalken, hält innige Zwiesprache mit den schwarzen Katern, die ich für Stoffele gebacken habe.

Mir ist, wie immer gegen vier, ganz schwach im Magen, weil der ein Loch hat, das gestopft werden muss. Mit einer Butterbrezel, einem Apfel oder mit Gummibärle: rot und grün und gelb und blau, dass ich meine Lust dran schau. Ich habe die Kerle in einer Dose versteckt, auf der ›Heftklammern‹ steht, und die Dose liegt im Zwiebelkasten, damit Stoffele, dessen Magen auch oft gelocht ist, sie nicht findet. Jedoch –

»Stoffele, wo sind meine Gummibärle?«

»Bei den Zwiebeln.«

»Woher weißt du das?«

»Wo sollen sie denn sonst sein?«

»Da sind sie nicht mehr.«

»Dann sind sie höchstwahrscheinlich weg.«

»Und wo steckst du?«

»Auf meinem Sessel. Tief in Gedanken. Dschungel machen. Bin gerade beim Aff.«

Ich begebe mich ins Wohnzimmer. »Was meinst du mit ›weg‹?«

»Vielleicht abgehauen. Ins Land der Gummibärle. Ich seh sie vor mir«, er legt die Pfote über die Augen, »wie sie im Schnee dahinziehen: ein Bärle hinter dem andern, erst die gelben, dann die roten, dann die blauen, zuletzt die grünen. Oder –«, er wechselt die Pfote, »erst die blauen, dann die roten, dann die gelben.«

»Es waren nur grüne. Was siehst du noch?«

»Die Kleinen, die fast absaufen im Schnee, tragen sie huckepack, auch die armen Alten schleppen sie mit. Und so ziehen sie aus Oberweschnegg, vorbei an Höchenschwand und am Tannenzäpfleturm bis zum Schluchsee, wo sie mit dem Nikolausschiff ans andere Ufer fahren –«

»Der Nikolaus fährt im Winter nicht, weil der See zugefroren ist.«

»Dann schlurfen sie halt übers Eis, wobei immer wieder eins ausrutscht und auf die Nas fällt. Weiter geht's über die sieben Berge, durch die Wüste und am Nordpol vorüber. Sie frieren, sie schwitzen, einige bleiben irgendwo kleben, ein paar holt sich der Nachtkrabb und anderen haut ein grausiger Vampir seine spitzigen Zähne in den weichen Hals. Und« – er legt eine Pfote ans Ohr – »was hör ich da?«

»Ich hör nichts.«

»Aber ich. Sie singen. Das Lied der Gummibärle singen sie:

Wir armen, armen Bärle
sind müde vom Marschieren,
sind müde, sind müde vom Marschiern!«

»Aber warum sollten sie denn abhauen?«

»Würdest du gern in einem Kasten liegen, wo nach Zwiebeln riecht, mit der Aussicht, gefressen zu werden?«

Ich erkläre, dass ich mich als Mensch nicht, aber als Gummibärle in einem so wunderbar bemalten Zwiebelkasten ausgesprochen wohlfühlen würde und dass es immer darauf ankomme, von wem man gefressen werde. Ohne Gummibärle könne ich unmöglich weiterschreiben, was unserem Krimi nicht förderlich sei.

Stoffele findet die verschwundenen Gummibärle

jedoch äußerst krimiförderlich. »Das ist schon der zweite Fall, dass jemand verschwindet. Der Krimi mausert sich, wenn ich mal so sagen darf.«

»Aber im ersten Fall war es nur ein einziger Stern. Jetzt sind es mindestens fünfundzwanzig Gummibärle. Das artet aus.«

»Vielleicht hast du sie vernascht. So ganz in Gedanken. Viele hast du ja nicht, aber –«

»Ausgeschlossen.« Ich setze mich neben ihn auf den Hocker.

»Dann war's vielleicht Hexle. Meine Brekkies hat sie auch gefressen. Ohne zu fragen.«

»Die kennt den Zwiebelkasten nicht. Aber wie steht's mit dir? Im Vergleich zu mir denkst du doch viel mehr. Schließlich musst du den Dschungel in das Ei denken. Könntest du sie womöglich vernascht haben?«

Stoffele dreht mir empört den Rücken zu. Ich seh mich um. »Da liegt was in deinem Körbchen. Sieht aus wie ein Gummibärle.«

»Wie ein halbes. Ogottogottogott!«

»Mitten durchgebissen«, stelle ich fest. »Sehr grausam. Und neben dem Körbchen noch eins. Ein Gummibärlekopf ohne Gummibärlebauch. Wie traurig der guckt!«

»Ohne Bauch tätest du auch traurig gucken«, meint Stoffele. »Ja, ja! Rasch tritt der Tod das Bärle an!«

»Stoffele, mir läuft es kalt den Rücken hinunter.«

Er hebt die Pfote. »Eiskalt. Eiskalt klingt noch kälter als nur kalt.«

»Hast recht. Also: Es läuft mir eiskalt den Rücken hinunter. Das Maß ist voll. Nach all den bisherigen Gräueln – Sternenklau und blutiger Knochen – nun noch dieses grausame Abschlachten der armen unschuldigen Bärle.«

»Mir hätt ja der Sternenklau gereicht«, sagt Stoffele. »Aber du hast unbedingt noch einen Mord gewollt. Jetzt hast du ihn.«

»Einen? Das ist ein Massenmord. Stoffele, halt dich ran! Der Fall weitet sich aus. Und ausgerechnet die grünen Bärle, die ich aufgehoben hab, weil sie so gut schmecken.«

Er springt wieder auf den Sessel. »Heute grün, morgen tot!«

»Los, denk! Wer könnt es gewesen sein?«

»Bin schon dabei.« Er versinkt in immer tiefere Gedanken.

Nach einer Weile stupse ich ihn an.

Er öffnet ein Auge. »Ist was?«

»Ich will wissen, was dir eingefallen ist, wenn du nicht stattdessen gepennt haben solltest.«

»Mir ist eingefallen«, er gähnt, »dass wir jetzt nachdenklich begrübeln müssen, wer als ehrloser, heimtückischer, schuftiger Täter dieser schändlichen Taten infrage kommt. Also: Wer hat den Stern geklaut und unsere Bärle ermordet?« Er legt seinen Schwanz links um sich herum. »Mit linksherum gelegtem Schwanz denkt sich's besser.«

»Jedenfalls hat der Kerl einen üblen Charakter«, sage ich. »Und verfressen ist er auch.«

»Das liegt doch auf der Pfote«, sagt Stoffele. »Und wer frisst den ganzen Tag? Kühe. Vielleicht war's eine von den Vögeleskühen.«

»Unsinn. Keine von denen würde meine Bärle anrühren. Und was den Stern angeht: Frau Vögele hat mir glaubhaft versichert, dass ihre Kühe nie im Leben irgendeinem Kater was antäten, weil der Mozart im Winter immer bei ihnen schläft. Außerdem: Wie soll so eine Kuh an den Stern rankommen, wenn er nicht zufällig von selber heruntergefallen ist? Die Kühe sitzen höchstens auf dem Dach, haben fromme Gedanken und hängen ihr Euter innig in irgendeine Richtung.«

»Nicht in irgendeine«, sagt Stoffele streng. »Entweder nach rechts oder nach links. Es kommt immer auf die Vorderkuh an. Wie würde es auf der Welt aussehen, wenn jeder sein Euter hinhängt, wo er will?«

»Wie sähe die Welt aus«, verbessere ich, »wenn jeder sein Euter so hängte, wie es ihm gefällt!«

»Klingt nicht gut«, meint Stoffele. »Wenn jeder sein Euter so hängen tät –«

»Stoffele! Dann noch eher mit ›würde‹: Wenn jeder sein Euter so hängen würde –«

»So hängen täten würde! Oder vielleicht: gehängt haben täte?«

»Das mit dem Euter ist jetzt nicht so wichtig«, sage ich. »Auch hat eine Kuh, wie wir wissen, egal, wohin sie ihr Euter hängt, eine sanfte Seele. Drum bin ich gegen eine Kuh als Täterin.«

Stoffele kratzt sich ausgiebig. »Dann lassen wir die Kuh mal in Ruh. Es gibt noch mehr verfressene mögliche Täter. Ist dir mal aufgefallen, was für einen Wanst der Vögeleszwerg hat? Der mit dem Zehenloch und dem Spaten. ›Der Mörder war immer der Gärtner‹ hat mein Pfarrer oft gesagt, wenn er einen Krimi gelesen hatte.«

»Gärtner morden zwar, wie man weiß, gelegentlich zwischen Unkrautjäten und Umgraben«, wende ich ein, »aber sie fressen ihre Opfer nicht, sie verbuddeln sie eher im Kompost, wegen der Wiederverwertung. Vielleicht hat dieser Zwerg den Stern für seine Freundin geklaut. Verliebte holen ganz gern mal Sterne vom Himmel und schenken sie einander. Zwerge sind scharf auf glänzende Sachen.«

»Den Kerl behalten wir im Aug«, sagt Stoffele. »Aber ich hätt da noch einen anderen Täter. Den amerikanischen Kerl, der dieses komische Buch geschrieben hat.«

»Mister Weinberg?«

»Weil der doch alles sinnlos findet, das universische Weltall und alles, was drin ist, samt dem lieben Gott.

Dann kennt der nix, dann schnappt der sich mit seinem schlechten Charakter eiskalt den Schwanzspitzenstern vom großen Kater.«

»Vielleicht näht er ihn zu den anderen auf die amerikanische Flagge«, sage ich, »damit die noch einen mehr hat.«

»Bestimmt hat er auch einen Kaugummi auf den Stern – der Weinberg tät mir prima als Täter gefallen, weil der doch schwarze Kater nicht mag.«

»Gut! Den behalten wir auch im Auge. Aber eins versteh ich nicht. Die Bärle waren so gut versteckelt. In der Zwiebeldose.«

»Das weiß hier allmählich jeder«, sagt Stoffele.

»Warum hat der Schuft nicht die Lebkuchen in der blauen Dose gefressen, die Nusshörnle oder deine schwarzen Kater auf dem Kamin?«

Das müsse wiederum begrübelt werden, sagt er, rollt sich im Sessel zusammen und macht die Augen zu. Zuckt ständig mit den Pfoten, wirft sich herum, streckt alle viere von sich, schnauft wild, öffnet die Augen, starrt mich geistesabwesend an, schließt sie wieder und grübelt weiter.

Ich lass ihn grübeln, fahre schnell zu unserem Bauernmarkt und ergänze meinen Vorrat an Vogelfutter. Der nette Herr Hoffmann empfiehlt mir dringend das Weihnachtsvogelfutter; es sei nur geringfügig teurer als das Nichtweihnachtsvogelfutter, auf der Verpackung glitzerten freundliche Sternchen und es animiere die Vögel dazu, Weihnachtslieder zu pfeifen, etwa ›Ihr Vögelein kommet, o kommet doch all!‹

Als ich wieder zu Hause bin, ist Hexle verschwunden. Ebenso die halbe schwarze Katermannschaft. Die Hinterbliebenen gucken verstört.

»Beide Büchsen leer«, teile ich meinem Kater abends mit. »War's gut?«

Er schleckt sich das Maul. »Hab nicht drauf geachtet. Essen ist unwichtig. Denken ist wichtiger.«

»Und? Ist dir was eingefallen zu unserem Täter?«

»Klar. Der Groschen« – er streckt sich im Zeitlupentempo – »ist geplumpst.«

»Du weißt, wer's ist?«

»Demnächst in diesem Sessel. Muss erst noch fertig grübeln.« Er wird wieder zur schwarzen Kugel. Wenn Hexle nach ihm frage, so die Kugel, solle ich ihr sagen, er sei verwundet. »Ein Kampf mit dem maßmutlichen Sternenklau-Bärlemörder. Schwerer Blutverlust. Frühstück gegen neun.«

Dann kommt er der Welt abhanden.

Dafür taucht Hexle wieder auf. Aus der Wäschetruhe. Mein Schlafanzug, der obendrauf liegt, ist voll dunkler Krümel. Ich begebe mich in die Küche und backe schwarze Kater.

Bevor ich zu Bett gehe, trete ich ans Fenster und schau in die Nacht. »Wie es sonderbar ist«, denke ich mit Herrn Stifter, »daß in der Zeit, in der die kleinen, wenn auch vieltausendfältigen Schönheiten der Erde verschwinden und sich erst die unermeßliche Schönheit des Weltraums in der fernen, stillen Lichtpracht auftut, der Mensch und die größte Zahl der anderen Geschöpfe zum Schlummer bestimmt ist!«

13. Dezember

In Stoffeles Körbchen sitzt die kleine Hex. Katzenkalendermäßig, mit zierlich um sich herumgelegtem Schwanz, den Kopf leicht geneigt, mit den Ohren hin- und herspielend. Das können sie alle, die Kater und die Katzen, besonders die Kätzchen. Das tun sie besonders gern, weil sie genau wissen, wie unwiderstehlich es aussieht. Dann schmilzt der Mensch dahin, und einen schmelzenden Menschen kann man elegant um die Pfote wickeln.

Wir frühstücken. »Liebster Stoffele, drei Fäden hast du beim nächtlichen Grübeln aus dem Sesselbezug gerissen. War ziemlich teuer, der Stoff.«

Stoffele, mit offensichtlichem Wohlgefallen zu Hexle hinüberschielend, hebt die Stimme. »Muss im Kampf passiert sein. Da bin ich nicht mehr zu halten.«

»Du hast gekämpft? So kenn ich dich gar nicht.«

»Ich bin keiner von denen, die mit einem Schild um den Hals herumrennen, wo ›Held‹ draufsteht«, brüllt mein Kater bescheiden.

»Geht's nicht ein bisschen leiser?«

»Sonst hört sie's nicht.«

Hexle schleckt sich die Pfote und streicht sich damit – die Anmut in Person – ein paarmal übers rechte Ohr.

»Also zuerst hab ich gegrübelt, was ja sehr anstrengend ist. Dann hat mich der Schlaf überwältigt. Und schon waren sie hinter mir her. Mein alter Pfarrer, der Weinberg und der Grinsezwerg von Vögeles. Ich rauf auf unsere Birke, sie fletschen unten die Zähne, sie schütteln, ich halt mich mit einer Pfote fest, funkel mit den Augen – so! –, pack mit der andern Pfote den Mond und schmeiß ihn auf sie runter.« Langer Blick zur mit der Vorhangschnur spielenden kleinen Hex. »Eiskalt. Die sind vielleicht gerannt!«

»Ist er hin, der Mond?«

»Nur ein paar Dellen. Kann man ausbeulen. Er rollt über die Wiese, einer Vögeleskuh vor die Füße, der Susi, und die frisst ihn auf. Mit einem Happs. Dann schleckt sie sich mit der Zunge das Maul ab und guckt hinauf, ob noch einer kommt.«

»Und? Ist noch einer –?«

»Wie viel Mönder gibt's denn dort oben?«

»Na gut, der Mond sei ihr gegönnt. Wenn sie ihn auch nur im Traum gefressen hat.«

»Ob Traum oder Nichttraum, das ist nicht die Frage. Gefressen ist gefressen«, entscheidet Stoffele. »Sie ist weg.«

»Er. Der Mond.«

»Hexle. Wo ich doch so interessant erzählt hab.«

»Die Susi ist eine besonders liebe Kuh mit einer angenehmen Stimme und einer wunderbar rauen Zunge. Wenn sie einem die Hand abschleckt, kribbelt es so schön.« Mit einer Nadel ziehe ich die herausgerissenen Fäden in den teuren Sesselbezug wieder hinein. »Sollte es nochmals zum Kampf kommen, dann bitte auf dem Fußboden, und es wär mir lieber, wenn du dann mehr dein Ki als deine Krallen gebrauchen würdest. Jetzt geh ich zu Frau Vögele, weil die Eier schon wieder alle sind. Milch ist auch keine mehr da, du Säufer!«

»Sag ihr, wenn sie die Susi milkt und die Milch ist ganz gelb und schmeckt so mondig, dann kommt das vom Mond, den sie gefressen hat. Ich bleib hier, weil ich ja denkerisch den Fall lösen muss. Hast du einen Schlappen?«

»Wozu, um Himmels willen, brauchst du den?«

»Zum Rumknuddeln, Rumschmeißen und Reinbeißen. Holmeskater hat eine Geige. Das weiß ich von meinem Pfarrer.«

»Aber Mister Sherlock Holmes knuddelt sie weder herum noch zerbeißt er sie. Er spielt auf ihr.«

»Dem einen seine Geige ist dem andern sein Schlappen«, verkündet Stoffele. »Beide fördern die gedankenreiche detektivische Grübelei. Noch besser wär's, wenn ich mit Hexle – äh – spielen könnt. Wegen der brennenden Leidenschaft und so. Du weißt schon. Guck nicht so, ich tät's für unseren Krimi.« Er schleckt sich die Schnauze. »Wir haben ja immer noch nix Erotisches. Drum wär's gut für unseren Fall, wenn ich mich opfern tät.«

Ich nehme sein Opfer nicht an. Für das Erotische müsse halt in Gottes Namen der Zwerg herhalten und uns erzählen, was er mit seiner Zwergin alles treibe. Und als befreite Heldin, auf die der Verlag so Wert lege, hätten wir die Jadwiga, die ja, wie er richtig festgestellt habe, radikal von allen Kleidern befreit sei. »Was würde Frau Steinbeiß uns erzählen, wenn die kleine Hex in ein paar Wochen einen dicken Bauch bekäme? Nein. Es geht auch ohne Hexle.«

»Aber wenn sie will –?«

»Kommt nicht infrage.«

»Man muss ja nicht immer fragen, als freier Kater.« Stoffele wirft mir einen unguten Blick zu und marschiert zur Tür. »Als hätt er Lieb im Leibe…« Steht im »Faust«. Der passt immer.

Ich verstaue die Eier im Korb. »Wie geht's den lieben Kühen?«

»Die sind ganz leer. Hab gerade gemolken«, sagt Frau Vögele. »Ei, wer kommt denn da?«

Ich dreh mich um. »Das ist Hexle, unser Besuch. Hab gar nicht gemerkt, dass sie mir nachgelaufen ist.«

»Hübsches Ding. Da wird Ihr Stoffele aber den Kavalier raushängen, was?« Sie füllt ein Schüsselchen mit frisch gemolkener Milch und schiebt es Hexle hin. Die schlabbert los.

»Komisch, die Milch ist diesmal so gelb.«

»Das kommt vom Mond«, sage ich. »Einen schönen Gruß von Stoffele, und eine von Ihren Kühen hat ihn heute Nacht gefressen.«

Frau Vögele fährt zurück, dreht sich um, stemmt die Hände in die Hüften und mustert streng ihre Kühe. Die gucken geschlossen weg. »Was muss ich da hören?«

Die Kühe wedeln mit den Schwänzen.

»Das ist doch ein starkes Stück! Den Mond!«

Die Kühe gucken noch mehr weg. Hexle hüpft Seil mit den Schläuchen der Melkmaschine.

»Wer von euch war's?«

Die Kühe zucken mit den Ohren, der Fliegen wegen, und weil sie sich genieren.

»Wissen Sie's?«, fragt mich Frau Vögele.

»Ja. Aber ich petz nicht gern. Sie wird's schon selber sagen.«

»Ich warte auf Antwort.« Frau Vögele wippt mit dem rechten Fuß. Hexle schleicht die Ferkel an.

Der Zwerg im Vorgarten kichert gemein. »Ich weiß es«, ruft er. »Es war –«

»Gepetzt wird nicht!«, ruft Frau Vögele streng. »Das hier ist ein anständiger Stall.«

»Muh!«, sagt die Kuh, die den Mond gefressen hat ganz leise.

»Es ist auch wegen dem Mondschaf«, sage ich. »Ich fürchte, der von der Susi gefressene Mond bekommt ihm schlecht. Hören Sie nur:

Das Mondschaf liegt am Morgen tot.
Sein Leib ist weiß, die Sonn ist rot.
Das Mondschaf.«

»Das geht mir aber wirklich gegen den Strich. Das arme Viech! Was hast du dir dabei bloß gedacht, Susi?«, sagt Frau Vögele vorwurfsvoll. »Das arme Mondschäfchen hat jetzt keinen Boden mehr unter den Füßen und hängt mondlos und maustot dort oben herum, du Rabenkuh du!«

Susi senkt den Kopf.

»Ist ja nur ein erdichtetes Mondschaf«, sage ich beruhigend. »Und vielleicht ist es auch gar kein Mondschaf, sondern der Mondberg-Uhu. Mein Kater behauptet das nämlich.«

»Ob Schaf oder Uhu«, sagt Frau Vögele, »keiner liegt gern tot herum, ob er nun erdichtet ist oder nicht. So fängt der Tag nicht gut an. Also, Susi, was hast du dir dabei gedacht?«

»Muh!«, sagt Susi. »Muh! Muh! Muuuuuuh!!«

»Na ja! Immerhin! Dass mir das nicht noch mal vorkommt!« Frau Vögele droht ihr mit dem Finger, aber so, dass die Kuh merkt, sie ist ihr nicht mehr böse.

»Muh!« Susi wedelt erlöst mit dem Schwanz. Hexle verschwindet im Heu.

»So was von Kuh!« Frau Vögele krault die Susi zwischen den Hörnern. »Frisst einfach den Mond! Wo sie doch sonst so vegetarisch ist. Das hätt keine von Tröndles Kühen geschafft. Die sind so gewöhnlich, man sieht's an ihrem stumpfen Blick. Haben nichts Höheres im Sinn.«

»Ja, da sieht man wieder mal, wie recht das Sprichwort hat: Sag mir, was du frisst, und ich sag dir, was du bist!« Wir nicken alle, Frau Vögele, die Kühe und ich. Der Zwerg grinst. Heu fliegt durch die Gegend.

»Und wir gucken in den Mond, weil er nicht mehr da ist!« Frau Vögele lacht so, dass sie sich verschluckt und ich ihr auf den Rücken klopfen muss.

»Ein bisschen dunkel wird's jetzt aber nachts sein, ohne Mond.«

»Ist mir eigentlich ganz recht«, sagt Frau Vögele. »Mein Mann und mein Zwerg sind nämlich mondsüchtig. Erwisch ich die beiden doch neulich bei Vollmond auf dem Dach, wo sie mit ausgestreckten Armen hintereinander herlaufen. Der Zwerg wär fast gestolpert.«

Ich nicke. »Über Ihre Kühe, die manchmal auf dem Dach sitzen und den Mond anmuhen, wovon sie ganz fromm werden, weshalb ihre Milch auch so bekömmlich ist.«

»Sie verstehen was von Kühen? Guck mal einer

an! Und der Bommel war auch weg. Was hier zurzeit alles verschwindet. Schwanzspitzen, Monde, und jetzt noch der Bommel!«

»Ihr Mann trägt eine Nachtmütz?«

»Der Bommel von der Mütz von meinem Zwerg. Und was ist ein Zwerg schon ohne Bommel?«

»Aber was wird seine Freundin dazu sagen? Zu der schleicht er sich nachts oft. Sie steht bei meinen oberen Nachbarn im Garten. Mit blauer Schürze. Bevor es hell wird, haut er wieder ab. Wie Tristan, wenn er nachts bei seiner Isolde gewesen ist.«

Frau Vögele schmunzelt. »Ich gönn ihm das Vergnügen. Er schafft ja auch den ganzen Tag.«

»Und wenn die beiden eines Tags ankommen und sagen ›Wir müssen heiraten‹, was dann?«

»Gartenzwerge kann man nie genug haben. Arbeit gibt's hier jede Menge.« Sie streicht dem Zwerg über die entbommelte Mütze. Der Zwerg grinst.

»Wie haben Sie die zwei denn heruntergebracht, Ihren Mann und Ihren Zwerg?«

»Ich hab mich auf den Mist gestellt und gekräht. Da haben sie gedacht, es ist schon Morgen, und sind wieder runtergeklettert. Es geht eine Zeit lang ganz gut ohne Mond.« Frau Vögele stellt der Susi einen Eimer mit frischem Wasser hin. »Damit sie ihn besser verdaut! Was macht der Krimi?«

»Es ist ein Kreuz. Ich verheddere mich dauernd in der Handlung, und irgendwas kommt immer dazwischen. Das ist kein Krimi, das ist ein Kuddelmuddel.«

»Versuchen Sie's mal mit Eiern«, rät sie. »Da ist viel Lezithin drin, und das soll gut fürs Gehirn sein.« Sie schenkt mir noch ein zusätzliches Ei von Paula, auf dem in einem roten Herz ›Für dich!‹ steht, und ich lasse mir einen Liter Milch in meine Kanne füllen. Mondmilch. Für Stoffele. Zur Förderung detektivischer Gedanken.

»Ich hab noch eine rote und eine blaue Christbaumkugel auf dem Speicher«, sage ich dankbar, »die bring ich nächstes Mal mit. Als Bommelersatz.«

Dann bewundern wir ihren Holunderbaum, der aussieht wie im Märchen.

»›Da ist es oft recht schön‹«, sage ich, »›wenn die Zweige der Bäume voll von Kristallen hängen, oder wenn sie bereift sind und ein feines Gitterwerk über ihren Stämmen und Ästen tragen. Oft ist es sogar, als wenn sich auch der Reif in der Luft befände und sie mit ihm erfüllt wäre. Ein feiner Duft schwebt in ihr, daß man die nächsten Dinge nur wie in einen Rauch gehüllt sehen kann.‹«

»Sag ich auch immer«, sagt Frau Vögele, die viel Sinn hat für Schönheit. Dass der fein duftende bereifte Satz Stifter eingefallen ist, nicht mir, verschweige ich. Auch den Mann – klein, dick, Hängebacken, Wulstlippen – verschweige ich ihr, der soeben vorbeigeht, stehen bleibt, kurz in den Anblick ihres dampfenden

Misthaufens versinkt, den Hut lüpft und seinen Weg fortsetzt. Frau Vögele scheint ihn nicht wahrgenommen zu haben, ich aber hab ihn ganz deutlich gesehen. Wie neulich vor meinem Küchenfenster.

Stoffele ist aushäusig. Ich genieße es, auf dem freien Sessel zu sitzen; Hexle beknabbert mein silbernes Armband, grabscht nach meinen Ohrringen und schläft dann, wie immer, von einer Sekunde auf die andere ratzfatz auf meinem Schoß ein.

Plötzlich – was für Töne! Sie kommen von draußen und fahren mir durch Mark und Bein:

Du bist schön, kleine Katze!
Deine Gluhaugen glühn.
Rosa ist dein Schnäuzchen,
Dein Zünglein rau.
Gib mir einen Nasenkuss,
Süßer als Büchsenmilch.
Deine Zähne sind blitzblank,
Wunderbar dein Schnurrbart,
Aber nicht so lang wie meiner.
Schön weich, dein Bauch.
Und erst dein Streichelpelz,
Immer picobello sauber ist der.
Weil du dich dauernd schleckst
Mit deinem rauen Zünglein.
Und wie du riechst!

Das macht mich richtig schwach.
Lass dich bloß nicht mit Zottel ein!
Sonst setzt es was.
Hab dich nicht so, lass mich endlich ran!
Ich bin's doch, dein Liebster!
Bin schwarz und schön.
Für dich renn ich meilenweit
Über Stock und Stein
Und den Buckel rauf und runter.
Überall such ich dich.
Bis heut Nacht!
Wart auf mich hinterm Komposthaufen!
Du bist schön, kleine Katze!

Ich besitze eine große Sammlung von Fischer-Dieskau-Aufnahmen, der Mann singt weiß Gott nicht übel, aber was ich soeben gehört habe, hätte der nicht hingekriegt. Vor allem nicht dieses Tremolo bei »schööööön«.

Stoffeles Umriss taucht im Fenster auf. »Na?«

»Stoffele – ich meine: Mephistopheles –, eben hat wer gesungen. In den höchsten Tönen und so laut, dass ich dachte, er werde abgemurkst.«

»Ich war der Sänger«, sagt Stoffele stolz. »Wie hat's Hexle gefallen? Ist sie baff?«

»Sie schläft. Du hättest halt noch lauter brüllen müssen.«

Stoffele guckt ungnädig. »Von Musik scheint sie nicht viel zu verstehen.«

»Wo hast du es denn her?«

»Auch von meinem Pfarrer. Und der hat es aus seinem lustigen Bibelbuch. Das Lied hat sich ein sehr gescheiter König ausgedacht. Der König Salomo. Der hat es oft gesungen. Für seine Haushaltsfrau, die hat ihm immer Spätzle und Sauerbraten gemacht. Dem Pfarrer, mein ich. Und das hat ihm gut gefallen, dem König. Und dem Pfarrer. Sie hat ihm auch gefallen. Schön rund war sie. Es heißt: ›Das Hohe Lied‹. Manchmal ist es so hoch, dass man fast nicht hinaufkommt. Es gibt noch ein kurzes Hohes Lied, das man sich besser merken kann. Das geht so:

Meine süße Puppe,
Mir ist alles schnuppe,
Wenn ich meine Schnauze
Auf die deine bauze.«

»Das hat der König Salomo gesungen?«

»Nein, der Pfarrer. Wie oft hat sie schon nach mir gefragt?«

»Überhaupt nicht. Sie hat den ganzen Tag nur herumgespielt.«

»Morgen nehm ich sie mir her.«

»Mephistopheles! Ich hab dir doch gesagt –«

»Ich mein erziehungsmäßig. Das wird man ja noch dürfen, wenn man sonst nix darf.«

14. Dezember

Am nächsten Morgen: Anruf von Frau Vögele, ich solle mir keine Sorgen um Hexle machen, die tobe gerade in ihrem Stall herum.

Ich rede mit Stoffele – er räkelt sich aufreizend auf dem Sessel – Tacheles. Wegen dieser kleinen Katze vernachlässige er unseren Fall, auf den er zuvor so scharf gewesen sei. Er behaupte zwar, den Täter zu kennen, aber der Dschungel sei immer noch nicht eingetroffen. Frau Vögele sage auch, es gebe nix auf ihrer Wiese, was dschungelig aussehe. Obwohl Monsieur Rousseaus Urwaldbild, wie ich vorhin in den Nachrichten gehört hätte, jetzt völlig leer sei. Man könne nur noch den Rahmen bewundern und die Signatur: ›Henri Rousseau, 1910‹. Die Kunstwelt stehe kopf. Der Museumsdirektor sei dem Wahnsinn nahe. »Stoffele, wo ist das ganze Zeug?«

»Im Ei. Wo sonst?«

Es werde allerhöchste Zeit, sage ich, dass der Dschungel schlüpfe, wachse und gedeihe, da er ja nicht nur dekorativ herumstehen, sondern auch eine Rolle im Krimi spielen müsse. Ich hätte da ein paar glänzende Ideen. Der Täter könnte sich in ihm verstecken, oder den geklauten Stern an den Orangenbaum hängen oder unterm Sofa deponieren. Auch eine rasante Verfolgungsjagd, wie sie in jeden Krimi gehöre, der auf sich halte, sei zu überlegen. »Du bist kein schneller Brüter, mein lieber Stoffele.«

Ich hätte ja keine Ahnung, sagt mein Kater, wie anstrengend es gewesen sei, das ganze Zeug aus dem Bild ins Ei zu denken. Und ich solle mal in mich hineingehen und überlegen – sein Blick ist eine Mischung aus Vorwurf, Verachtung und Überlegenheit –, ob ich das mit meinem armseligen Menschen-Ki hingekriegt hätte.

Ich entschuldige mich mit dem Gefühl geistiger Minderbemitteltheit.

Das Ei, sagt er, liege gut versteckelt im Schuppen auf Vögeles Wiese, und wenn er wieder etwas bei Kräften sei, werde er weiterbrüten. Nein, zugucken dürfe ich nicht. Der Dschungel stehe kurz vor dem Schlüpfen. »Wo ist Hexle?«

»In Vögeles Kuhstall.«

»Lass mich raus, brüten!«

Am frühen Nachmittag taucht er wieder auf, siegesbewusst, Stolz in der Brust, wie der Torero in »Carmen«. »Er ist da!«

»Der Täter?«

»Der Dschungel.« Und dann muss er trinken. Er säuft wie ein Loch. Sahne, mit etwas Wasser verdünnt.

Damit er pinkeln kann. Damit der kleine Dschungel zum großen Dschungel werde. Zwei Schüsselchen säuft er leer, dann zieht er wieder ab.

»Aber denk daran, dass er noch auf Vögeles Wiese passt«, rufe ich ihm nach. »Ein zu großer Dschungel bringt's auch nicht. Lieber klein, aber fein.«

Hexle trudelt ein, stinkt nach Stall und schlabbert auch ein bisschen Sahne. Nachbars Zottel hockt hinter der Glastür zum Balkon, macht einen sehr langen Hals, guckt ihr dabei zu und schluckt dauernd. Wegen der Sahne oder wegen Hexle?

Gegen Abend springt Stoffele aufs Fensterbrett, drückt die Nase an die Scheibe und will rein.

Ich räume für ihn den Sessel. »Darf ich den Dschungel mal sehen?«

Er dreht sich ein paarmal um sich selbst, dann lässt er sich nieder. »Dürfen tätest du schon, aber können kannst du nicht.«

»Wieso? Er ist doch aus dem Ei geschlüpft.«

»Schon. Weil ich ihn fest bepinkelt hab, ist er gewachsen wie wild und immer größer geworden.«

»Wie hat er gerochen? Nach Urwald oder nach Katerpinkel?«

»Katerpinkel«, sagt er, »ist ein erhebender und katzenbetörender Geruch. Da kommt kein Urwald mit. Wo ist Hexle?«

»Die hilft Zottels Enkel beim Schneemannbauen.«

»Und dann –« Er kratzt sich hinterm Ohr.

»Sprich!«

»Dann ist das Theater losgegangen. Zuerst haut der Elefant ab. Trampelt nach Unterweschnegg, wo er schon immer mal hat hinwollen, und legt alle Jägerhochsitze am Waldrand mit dem Rüssel um. Dann der Aff. Klettert auf den Christbaum, den ich in den Dschungel gedacht hab, wegen dem weihnachtlichen Dingsbums, und schmeißt alle Kugeln runter. Und der Schwarze mit dem bunt gestreiften Rock und der Flöte streikt. Er will ein Klavier. Flöte kann er nämlich nicht ausstehen, weil die immer voll Spucke ist und so tropft.«

»Und die Löwen?«

»Kriegen das Maul nicht auf. Ich hab ihnen ein paarmal ›O Tannenbaum‹ vorgesungen, aber die sind blöd und können sich nix merken. Die Schlange ringelt sich zusammen und stellt sich tot. Dann kommt der Elefant zurück. Nicht so doll, Unterweschnegg, sagt er und setzt sich auf das neue Bänkle unterm Kreuz, das der Bürgermeister erst eingewiehen und mit heiligem Wasser bewedelt hat, und dann kracht das Bänkle zusammen. Und weil ich gesagt hab, alle Elefanten, die bisher auf diesem Bänkle gehockt sind, hätten das nicht geschafft, war er beleidigt und hat rumgemotzt und mit dem Rüssel geschlenkert. Und der Aff hat eine Orange auf den Schneemann vom Sven geschmissen.«

»Und das Sofa?«

»Lump ist draufgesprungen, als die Jadwiga – also die hat mal müssen –, und als sie hinterm Busch war, da hat der Kerl es von oben bis unten versabbert. Da legt sie sich nicht mehr drauf, hat die Jadwiga gesagt. Nackig sowieso nicht. Weil sie sich ekelt.«

»Ist es hin, das Sofa?«

»Der Elefant hat mit dem Rüssel Wasser aus einer Drecklache draufgespuckt, und der Flötenheini hat mit seinem Rock drübergewischt. Jetzt ist es nicht mehr so rot wie vorher. Und die Jadwiga hat gesagt, Oberweschnegg ist das letzte Kaff, und dann hat sie auch noch den Christbaum beleidigt, der sei ein alter Besen.«

»Unglaublich!«

»Glaub's nur!«

»Ich mein, unglaublich, was die sich geleistet haben.«

»Find ich auch.« Stoffele beknaspert seine auseinandergespreizten Zehen.

»Wenn das Monsieur Rousseau wüsste!«

Eine Fliege umschwirrt meinen Kater.

Ich denke nach.

Die Muck lässt sich auf seinem Hintern nieder. Ich erschlage sie mit dem Muckendatscher. Stoffele jault empört. Ich entschuldige mich. Er legt sich auf die Seite, schleckt sich den Bauch.

Ich frage das Schicksal, was nun zu tun sei.

Der Bauch ist sauber, richtig tadellos. Stoffele rollt sich auf den Rücken. Einmal hin, einmal her, ist nicht schwer.

Das Schicksal erklärt sich für nicht zuständig und fordert eine Entscheidung. Von mir.

Ich treffe sie. »Weißt du was, Stoffele? Du denkst alle wieder zurück ins Bild. Ausgedschungelt hat es sich. Wenn die sich hier benehmen wollen wie im Urwald – mit uns nicht.«

Mein Kater strahlt zustimmende Erleichterung – oder erleichterte Zustimmung – aus. Auch ich bin froh, den vermaledeiten Dschungel samt Personal mit Anstand loszuwerden.

»Wir machen keine Konzessionen. Wir stehen zu einem Oberweschnegg ohne Dschungel und nehmen, wo's nötig ist, unser eigenes Zeug. Schließlich kauf ich auch in unserm Bauernmarkt ein, weil ich dort Gemüse aus der Region kriege.

Wir haben hier einige sehr gut aussehende Kühe, freundliche Schafe, liebenswerte Ferkel, wir haben ein Eichhörnchen, Igel gibt's auch, drei Hunde – schon gut, die Hunde lassen wir weg. Ehrlich gesagt, ich wusste sowieso nicht recht, was wir mit einem Dschungel hätten anfangen sollen. Ich war immer mehr für die Devise: ›Bleib im Lande und morde dort redlich!‹«

So habe er das auch gesehen, sagt Stoffele. Drum sei er auch schon weg, der Dschungel. Zurückgedacht ins

Bild, aber ohne Christbaum, den könne Herr Vögele ja mir bringen. Man habe schließlich seinen Stolz. Und sein Kater-Ki.

Und ob ich den Zwerg endlich gefragt hätte. Nach dem Godomundsomorrha, was wir unbedingt bräuchten und immer noch nicht in unserem Krimi drin hätten.

»Ja, ich hab mich getraut. Er hat nur gegrinst. Wi-der-lich!«

»Das ist zu viel«, sagt Stoffele entrüstet.

»Find ich auch. Unser Krimi soll schließlich kein Porno werden. Wir bleiben sauber. Wir haben ›das Recht, gesittet Pfui zu sagen‹. Steht auch im ›Faust‹.«

»Es geht«, sagt Stoffele, »auch ohne Pfui. Ohne ungesittenen Dschungel. Ohne Sauereien. Und ohne den beschissenen Zwerg.«

»Mephistopheles!«

»Na schön: Es geht auch ohne den unbeschissenen Zwerg. Und jetzt muss ich mich erholen. Bin ganz erschöpft von der Bildzurückdenkerei. Kann nur noch mit einem Aug gucken. Das andere pennt schon. Wo ist mein Kissen?«

Ich schiebe es ihm hinter den Rücken: »Ruhe sanft!«

Eine Stunde später:

»Stoffele, wach auf! Gerade kam es in den Abendnachrichten. Der Dschungel ist wieder im Bild. Jeder Dschungelbewohner an seinem Platz. Nur eine Orange fehlt, was aber nur Kennern auffallen dürfte. Der Museumsdirektor hat, obwohl bekennender Atheist, dem heiligen Antonius eine dicke Kerze gestiftet.«

Es gebe noch jemand, dem man was Dickes stiften könne, erklärt Stoffele, es müsse ja keine Kerze sein. Den Wink verstehend, stifte ich ihm ein dickes Wienerle.

Nach dem Essen sitze ich noch eine ganze Weile da und betrachte meinen Kater, der mit lang ausgestreckten, über den Sesselrand hängenden Vorderpfoten, zwischen die er den Kopf gedrückt hat, weiter den Schlaf dessen schläft, der ihn sich verdient hat. »Große Vollendung erscheint unvollkommen«, sagt Laotse. Habe ich Stoffele, der wie ein Putzlumpen daliegt, unterschätzt, was seine geistigen Kräfte betrifft? Wer hat denn diesem eindrucksvollen Dschungel aus Monsieur Rousseaus Bild kraft seiner Gedanken – kraft seines Ki – in ein kleines Ei und aus diesem Ei ins lebendige, farbige Dasein hinter Vögeles Wiese verholfen, sogar mit einem Sofa drin? Ich hätt das nicht geschafft. Stoffele war sein Schöpfer. Dass er den Dschungel wieder hatte verschwinden lassen, beweist es. Verschwinden kann aber nur, was vorher existiert hat. Was für ein Beweis seiner überragenden kreativen Fähigkeiten! Ich bin mir nicht sicher, ob der liebe Gott das hingekriegt hätte. Wenn der was weghaben wollte, brauchte er dazu eine Sintflut. Meinem Kater genügt sein Ki.

Ich denke an Tolstoi, den großen russischen Dichter mit dem langen weißen Bart, der mal gesagt hat: »Der Gedanke ist alles. Der Gedanke ist der Anfang von allem. Und Gedanken lassen sich lenken. Daher ist das Wichtigste: die Arbeit am Gedanken.« (Um in Ehrfurcht erstarrte Leser zu beruhigen: Ich hab in meiner Tolstoi-Ausgabe nachgesehen und das Zitat abgeschrieben. Wer weiß so was schon auswendig? Aber immerhin hab ich gewusst, wo es steht, was ja nicht jeder von sich behaupten kann, und einen Zettel reingelegt, falls ich es mal brauchen würde.)

Ich denke darüber nach, ob es nicht angebracht sei, Stoffele künftig respektvoller zu behandeln und mir einen größeren Vorrat teurerer Fleischbüchsen für ihn zu halten.

Als Zeichen meiner Hochachtung lege ich ihm ein Nuss-Möppchen ins Körbchen; dann setze ich mich an den Computer und schreibe meine Gedanken auf, während Hexle neben der Tastatur sitzt, einen Bleistift hin- und herrollt und versucht, die Computermaus zu fangen. Und als mir die Gedanken ausgehen, tu ich schließlich, was der Held in Stifters Erzählung »Die Mappe meines Urgroßvaters« tat: »Ich begab mich in meine Stube, entkleidete mich, legte mich in das Bett« – riecht irgendwie komisch, das Bett. Nach Kuhstall riecht es! – »und schlief recht fest bis in den Morgen, da schon der helle Tag am Himmel stand.«

15. Dezember

»Du hast schon wieder einen ungemütlichen Guck«, meint Stoffele. »Wo doch alles extraprima läuft. Im Sauseschritt, sozusagen.«

»Sauseschritt? Ich will dich nur ganz schüchtern daran erinnern, dass wir – du, ich und der bedauernswerte Leser – immer noch nicht wissen, warum dieser Verbrecher ausgerechnet meine gut versteckelten Gummibärle gefressen hat, wo doch so viele andere Sachen herumgelegen sind. Uns fehlt, was man ein Motiv nennt.«

»Uaaaaaahhhh! Guck mal! Jetzt mach ich eine gaaaanz lange Vorderpfote. Kannst du das auch, eine gaaaaanz lange Vorderpfote machen? Wo steckt die Hex?«

»Irgendwo draußen. Sie ist eine Frühaufsteherin, im Gegensatz zu dir.«

»Sehr häuslich ist die aber nicht.«

»Stoffele: Warum haben meine Bärle dran glauben müssen?«

»Jetzt zeig ich dir mal, wie man sich zwischen den Zehen schleckt, damit du es kannst, wenn's nötig ist.«

»Ich pflege meine Zehen, die es auch gar nicht nötig haben im Gegensatz zu deinen, nicht abzuschlecken.«

»Weil du nicht hinunterkommst!«

»Bitte keine Ausflüchte!«

»Na schön. Damit du endlich Ruh gibst, wollen wir jetzt motivisch begrübeln, warum der Kerl unsere armen Gummibärle gefressen hat.«

»Meine, nicht unsere.«

»Deine Gummibärle sind auch meine Gummibärle.«

Und also grübeln wir motivisch.

»Du guckst schon wieder so komisch!«, sagt er nach einer Weile.

»Stoffele, verzeih mir! Immer wenn ich ernsthaft nachdenken will, passiert mir das Gleiche. Mir fällt etwas ein, das mit der Sache gar nichts zu tun hat, und geht mir nicht mehr aus dem Kopf. Etwas sehr Dummes. Hör nur:

Auf dem Berge Sinai
wohnt der Schneider Kikeriki.
Seine Frau, die Käthe,
saß auf dem Balkon und nähte.«

»Wo ist dieser Sinaiberg?«, fragt Stoffele.

»Im Morgenland, wo du hinziehen willst, bevor uns die große Flut überrollt.«

»Also ich frag mich«, sagt Stoffele, »warum sie nähte, die Käthe.«

»Vielleicht hatte sie ein Loch im Nachthemd.«

»Auch darüber müsste man mal grübeln.«

»Löcher begrübelt man nicht«, sage ich, »man lässt sie in Ruh, oder man stopft sie. Wie die Käthe.«

»Ich frag mich immer noch«, sagt Stoffele, »warum sie nähte, die Käthe.«

»Wegen dem Loch im Nachthemd. Oder in der Hose. Es gibt viele Möglichkeiten für ein Loch, sich selbst zu verwirklichen.«

Eine Erklärung, die Stoffele unbefriedigend findet.

»Das Problem liegt anderswo rum. Wer von den beiden ist der Schneider?«

»Er. Stoffele! Du hast recht! Warum hat in all den Jahrtausenden sich das noch keiner gefragt, wo doch schon der Mensch der grauesten Vorzeit diesen Vers gekannt und im flackernden Schein eines Feuers in die Wand seiner Höhle geritzt hat! Diese Perspektive ist neu und hochinteressant! Er ist Schneider, und sie muss nähen.«

»Der Kerl lässt sie schaffen, tut dann so, als ob er die Sachen genäht hätt, und kassiert die Mäuse.«

»Aber warum näht er nicht selber?«, frage ich.

Stoffele hebt die Pfote: »Entweder ist er zu faul dazu, oder er kann gar nicht nähen. Wie du. Sitzt da, liest den Sinaiboten und guckt fern. Und manchmal plustert er sich auf und schreit kikeriki.«

»Wieso kikeriki?«

»Weil er so heißt. Ein Angeber ist er, wie alle Göckel. Krähen kann er, Eier legen kann er nicht.«

»Aber warum hockt er ausgerechnet auf dem Berge Sinai?«

»Damit niemand sieht, wie faul er ist. Er wohnt dort, faulenzt, kratzt, glotzt. Und sie näht. Außerdem hocken Göckel immer oben auf irgendeinem Misthaufen oder Berg. Und damit die Leute, wenn sie ihre Hemden und Hosen und zugenähten Löcher abholen, nicht sehen, wer hier schafft, sperrt er die arme Käthe auf den Balkon.«

»Das hat was für sich, Stoffele. Aber so leid es mir tut, die Käthe muss weiternähen. Kommen wir zurück zu unserem Krimi, der schon wieder lahmt.«

»Wir sind mittendrin«, sagt mein Kater. »Weil mir gerade eingefallen ist, dass die Käthe da prima reinpasst. Sie ist die Heldin, die wir brauchen. Die nackelig befreite Jadwiga hab ich ja samt Sofa und dem ganzen Urwaldzeug zurück ins Bild gedacht. Aber die Käthe ist noch unterdrückt. Die wartet immer noch auf ihre Befreiung. Wir tun was Gutes und nehmen die Käthe, die nähte.«

»Stoffele! Da macht der logisch denkende Leser nicht mit. Die Käthe hat mit unserem Fall rein gar nichts zu tun. Dieser Geschichte fehlt immer noch die straffe Linie, der rote Faden, den ich dir ans Herz gelegt hab, an dem der bedauernswerte Leser sich weiterhangeln kann, um sich nicht in unserem Fall zu verheddern.«

Stoffele guckt überlegen. »Der Faden ist der, mit dem die Käthe näht. Drum brauchen wir die unbedingt für den Krimi. Weil wir jetzt endlich haben, wonach wir uns bisher die Augen ausgeguckt haben: die verdrückte Heldin –«

»Unterdrückt, Stoffele, nicht verdrückt!«

»– und die Herrschaft der untergefügten Sprachgöckel, worauf der Verlag scharf ist.«

Ich protestiere. »Aber der Zusammenhang, mein Lieber, scheint mir doch an den Haaren herbeigezogen.«

Stoffele guckt feurig. »Wie die Käthe von ihrem Mann, wenn sie nicht spurt. Wir machen uns die Zusammenhänge, die uns am besten in den Kram und in den Krimi passen. Hier sieht man doch prima, wie Männer, vor allem Schneider, mit den armen Frauen

umgehen und den Rahm von ihnen schöpfen, was alle toleranzipierten Leserinnen freuen wird, weil wir da draufgekommen sind und alles ans Licht gebracht haben und schon dafür sorgen werden, dass es so nicht weitergeht in diesem patrarchischen Sauladen auf dem Berg Sinai.«

Ich beuge mich Stoffeles Argumenten: »Da hast du wieder mal recht. Dies ist die Stunde der Frauen. Ich sehe es vor mir: riesige Demonstrationen. Frauen mit Schildern und Plakaten und Spruchbändern: ›Mein Nachthemd gehört mir!‹ Ich höre schon die Sprechchöre: ›Haut die Göckel auf den Möckel!‹ Stoffele! Ein großer Tag für alle Käthen und für die Frauenbewegung. Die Befreiung der armen ausgebeuteten Käthe ist, sollte sie gelingen, wesentlich dein Werk. Aber noch hockt sie auf dem Berge Sinai. Wie kriegst du sie hierher? Auch mit Ki? Und auch in einem Ei, das du dann bepinkeln musst? Eine Näherin im Ort wär ja nicht schlecht, ich brauch dringend jemand, der meine Hosensäume umnäht, weil die so lang sind, dass ich immer drauftappe.«

»Tapp weiter drauf!«, sagt Stoffele. »Die Käthe ist doch befreit vom Joch der Näherei!«

»Dann soll sie bleiben, wo sie ist, und du befreist sie fernwirkend auf dem Berg Sinai. Bin gespannt, wie du das machst.«

»Ich auch«, sagt mein Kater. »Aber ich bezweifle mich nicht.« Schiefer Blick: »Und du? Kennst du jemand Nichtswürdigen, der Mephistopheles bezweifelt?«

»Ich werd mich hüten, so jemand zu kennen. Aber wenn der Kikeriki gegen die Befreiung seiner Käthe ist?«

»Dann wird er gerupft. Sie hockt obendrauf.«

»Die Käthe? Auf dem Berge Sinai?«

»Nein, Hexle. Auf dem Schneemann.«

Der Mond kommt über den Berg gerollt. Er sieht wohlwollend zu mir herein, und da auch er seinen Stifter kennt, »legt er glitzerndes Silber in die Ecke der Fensterscheibe und trifft in sanftestem Glanze die Dinge des Zimmers«.

16. Dezember

Stoffele, auf dem Fensterbrett, schielt mit einem Auge nach Hexle, die draußen nach dem von der Dachrinne hängenden, in der Wintersonne glitzernden Eiszapfen tatzelt, und verspürt ein dringendes Bedürfnis nach frischer Luft.

Ich packe ihn am Kragen. »Ich dagegen verspüre ein dringendes Bedürfnis nach Erkenntnis. Im letzten Kapitel wolltest du doch motivisch begrübeln, warum der Schurke, als ob der Sternenklau nicht genug gewesen sei, auch noch meine Bärle gefressen hat.«

»Wollt ich ja. Aber dann ist dir die Käthe vom Berg Sinai eingefallen, die prima in unseren Krimi passt. Die Bärleerkenntnis ist mir heut Nacht gekommen«, sagt er, immer noch auf Hexle stierend. »Der Schurke hat was im Magen gehabt.«

»So? Was denn?«

»Ein leeres Loch. Wie du. Drum frisst du sie ja auch. Er hat das Loch mit unseren Bärle gestopft. Es gibt aber noch einen anderen motivlichen Fressgrund. Da wär außer mir keiner draufgekommen.«

»Sprich!«

»Lass mich raus!«

»Du bleibst!«

Sein Schwanz bewegt sich hin und her. »Er hat sie zur Tarnung gefressen. Dass man nicht draufkommt, wer er ist. Blöder Kerl.«

»Der Schurke?«

»Zottel. Steht da und beglotzt Hexle.«

»Warum sollte der Täter sich getarnt haben?«

Stoffele kriegt Stielaugen. »Jetzt schnüffelt er an ihr rum. Und sie lässt sich's gefallen.« Er zieht die Lefzen hoch.

»Du weißt, wer's war?«

»Ich weiß, was für einer es war. Wenn Hexle einen dicken Bauch kriegt, weißt du, dass es ein Kater war. Aber nicht, welcher. Ich verdresch ihn.«

»Stoffele! Ich will nicht hoffen, dass du –«

»Ist nur ein Beispiel. Denk nach! Ein paar arme grüne unschuldige Bärle werden abgemurkst und gefressen. Alle sind verdächtig. Nur einer nicht. Weil man glaubt, der kann's nicht gewesen sein. Nämlich?«

»Keine Ahnung.«

Er sieht mich triumphierend an. »Ein Bär.«

»Ein Bär?«

»Ein Bär, denkt man, würde, wegen Verwandtschaftlichkeit, einem Bärle natürlich – na?«

»Kein Haar krümmen«, sage ich, ebenfalls triumphierend, weil ich auch mal auf was gekommen bin.

Stoffele hebt die Pfote. »Kein Härle. Bei einem Bärle – kein Härle. Singen kann er nicht, der Zottel. Da bin ich ihm über.«

Mir geht ein Licht auf. Und weil der Bär denke, dass man nie auf den Gedanken käme, er würde als Bär meine Bärle abmurksen, habe er die schreckliche Tat vollbracht. »Ja, Stoffele, es muss ein Bär gewesen sein. Bär – ich meine bar – aller Blutsbande! Ein kannibalischer Bär. Stoffele, ich bewundere dich.«

»Ich mich auch. Wir gehen einfach alle Bären durch, die infrage kommen.«

»Ausgezeichnet. Fang an!«

»Nachher. Jetzt muss ich raus.«

»Nicht nötig. Dein Klo steht im Klo.«

»Ich muss nicht raus, weil ich muss, sondern weil ich will. Jetzt raunzt er ihr was ins Ohr. Kann mir schon denken, was. Tür auf!«

»Erst der Bär.«

»Na schön. Aber du fängst an!«

Ich schlage einen Grizzlybären vor. Den lehnt er ab, sie seien in Oberweschnegg ausgestorben. Vor elf Jahren habe Lump den letzten erledigt. Nach furchtbarem Kampf. »Weitere Bären?«

Ich nenne Eisbären, Waschbären. Brombären, Himbären, Erdbären, Johannis- und Stachelbären und Jostabären, eine äußerst gefährliche Kreuzung zwischen Johannis- und Stachelbären.

Stoffele findet die Beerenbären albern. Außerdem seien die noch nicht reif. »Weiter!«

»Der Teddybär, den Bär aus Konstanz, aus dem Kinderlied ›Kommt ein Bär von Konstanz her‹. Der Bärenmarkenbär, der Saubär –«

»Dem trau ich so was zu«, sagt Stoffele. »Der schleckt sich nie, weil er ja so heißt. Jetzt schleckt Hexle sich. Und Zottel guckt zu. So ein Ferkel. Der kriegt die Hucke voll, dass er nicht mehr weiß, ob er rot oder grün ist. Wenn ich schon nicht darf, darf er erst recht nicht. Der Bärenmarkenbär war's bestimmt nicht, der ist zu klein und säuft nur Büchsenmilch. Der Konstanzer Bär scheint mir gefährlicher. Der beißt am liebsten was Kleines. Man müsste rauskriegen, ob er zur Tatzeit in Konstanz gesehen worden ist. Dann hätt er ein Alibi. Der Teddybär –«

Für meinen alten Teddy legte ich die Hand ins Feuer, sage ich. Außerdem habe der nur noch ein Auge und Stroh im Kopf. Und der Eisbär habe nur Eis am Stiel im Sinn.

»Zottel hat Hexle im Sinn. Mit diesem Cosonava muss ich nachher ein Wörtchen reden. Ich hätt noch einen Täter. Einen raffinierten Kerl, den wir schon mal verdächtigt haben. Der hat sich toll getarnt, dass man nicht gleich merkt, er ist ein Bär. Sogar ich bin nicht gleich draufgekommen.«

»Ich komm auch jetzt nicht drauf.«

»Wer ist der unsympathischste Kerl in unserer Geschichte? Ein Hasser von Katern und lieben Göttern?«

»Mister Weinberg? Der ist aber kein Bär.«

»Hör dir mal seinen Namen an: Weinbärg. Da steckt er doch drin, der Bär.«

Aber dem müsste es ja nur recht sein, sage ich, hielte man ihn für einen Bären. Denn als Bär, so denke man, könne er ja, wegen Verwandtschaft, nicht der Bärlemörder gewesen sein.

»Schon. Aber der Kerl hat natürlich gewusst, dass ich auf die Bärenvortäuscherei nicht hereinfalle. Dass ich ihn verdächtigen werde, gerade weil er ein Bär ist. Drum hat er getan, als ob er keiner wär und den Bär in seinem Namen versteckt, der Blödbär.«

Das haue nicht hin, sage ich. Weinberg schreibe man mit e. Als Bär falle der Weinberg aus.

»Eben hat Zottel Hexle ein Bärle gebracht. Ich mein, eine Maus. Frechheit. Möcht bloß wissen, wo er die herhat.«

»Lenk nicht ab, mein Lieber! Dass es ein Bär gewesen sein muss, der meine Bärle ermordet und gefressen hat, leuchtet mir ein. Nicht aber, warum dieser ehrlose, schuftige Bär auch den Stern auf dem Gewissen haben soll. Solche Typen streben nicht nach Höherem. Ich bin für zwei Täter, für einen Sternenklau und einen Bärlefresser. Das ist ja auch viel einfacher.«

Stoffele protestiert. »Ein Täter reicht. Sonst haben wir einen Kuddelmuddel, der Leser kriegt eine Wut, weil er nicht mehr mitkommt, und schmeißt den Krimi an die Wand. Außerdem verlier ich sonst den Überblick. Wo ich sowieso nicht mehr weiß, wo mir die Hex steht – ich mein, der Bär.«

»Der Kopf, lieber Stoffele.«

»Drum einige ich mich jetzt einstimmig auf einen einzigen Täter, dem wir alles in die Schuhe schieben. Zuerst hat er den Stern geklaut. Motivlicher Grund: Wissen wir noch nicht. Aber bald. Dann hat er uns den Warnungsknochen vor die Füße geschmissen. Gründliches Motiv: Warnung an Mephistopheles. Dann hat er die Gummibärle gefressen. Motivgrund: Loch im Magen, Gefräßigkeit und Tarnung. Jetzt ist nur noch der Schwanz übrig von der Maus.«

Ich beuge mich Stoffeles überzeugenden Argumenten.

»Da schleicht er davon, der Zottel. Weil Hexle ihm eine gefetzt hat.«

Ich denke an den kleinen dicken Mann. Zuerst schaut er mir durchs Küchenfenster beim Hutzelbrotbacken zu, dann steht er vor Vögeles Misthaufen. Aber ich verheimliche ihn. Stoffele sagt mir auch nicht alles. Was der Kerl hier will, krieg ich schon selber raus. Außerdem: Taucht nicht in jedem Krimi ein großer Unbekannter auf? Manchmal geht auch ein kleiner.

»Den Zottel sind wir los«, sagt Stoffele zufrieden.

»Gut gemacht, Hexle! Sein Ohr blutet schweinig. Jetzt hockt sie vor dem Vogelhäusle und guckt die Vögel lieb an.«

Dann habe ich eine Erleuchtung. »Stoffele, es gibt ja einen Augenzeugen, der beide Verbrechen – Sternenklau und Bärlemord – beobachtet haben muss. Der kennt also, damit wir endlich weiterkommen, den wahren Täterbär, den wir abgekürzt den Bärletötersternenklaubär nennen wollen.«

Er guckt misstrauisch. »Wer denn?«

»Der Mond hat's gesehen. Der kann es uns sagen.«

»Kann er nicht. Den hat doch Vögeles Kuh gefressen. Die Susi. Mit einem Happs.«

»Aber nur in deinem Traum.«

»Gefressen ist gefressen«, entscheidet Stoffele. »Ein gefressener Zeuge ist kein guter Zeuge.«

Dann, sage ich, bleibe nur eins. Er müsse heut Nacht den Mond wieder aus Susis Bauch zurück an den Himmel träumen. Dann könnten wir ihn nach dem Täter fragen, er werde es uns sagen, wir müssten uns nicht mehr plagen und verzagen und den Verbrecher jagen. Der Fall stehe vor seiner Lösung. »Und dann darf ich endlich wieder auf meinen lieben Sessel. Weißt du was? Ich träum mit.«

Ich solle mich gefälligst raushalten aus seinen Träumen, sagt Stoffele, außerdem müsse ich schreiben. »Tür auf!« Er marschiert in Richtung Vogelhäusle, vor dem immer noch die kleine Katze sitzt, in Erwartung von etwas Herunterfallendem. Es fällt tatsächlich was herunter. Wieder ein Stern. Der Stern, den ich aufs Dach gesteckt hab, damit die Vögel es ein bisschen weihnachtlich haben.

17. Dezember

Stoffele hat nicht vor aufzuwachen und lässt mich allein frühstücken. Danach fahre ich ins »Einkaufsparadies« nach Häusern und lege mir für die Feiertage einen größeren Vorrat an Katzendosen zu, den besonderen, auf denen »Begrenzte Edition« draufsteht. Auch lese ich, es sei die Philosophie der Katzenfutterdosenhersteller, dass auch und gerade Katzen ein Recht hätten auf ein Festtagsmenü, und nur ein Geizkragen missgönne seinem Katzentier ein solches.

Dann geht's zur Fleischabteilung, wo der nette Metzger mir seine Philosophie erklärt, die darin besteht, dass erstmals ungestopfte Weihnachtsenten aus entenfreundlicher Haltung angeboten würden. Auch die Verkäuferin an der Milchtheke hat eine Philosophie, nämlich die Käufer dadurch zu erfreuen, dass statt der üblichen H-Milch nun auch ein paar Flaschen nichthomogenisierter und daher glücklicher Kuhmilch im Regal stehen. Das macht mich, die Enten und die Kühe einerseits froh, andrerseits verspüre ich einen gelinden Beißzwang, höre ich das Wort Philosophie, mit dem heute alle um sich werfen,

Briefträger, Friseusen, Apotheker, Fußballer, die besonders, sogar unsere Gemeindeverwaltung hat eine weihnachtliche Philosophie, die sie im letzten Mitteilungsblättchen geäußert hat: Die Bürger möchten doch mithilfe von Lautsprechern ihr »Dorf am Himmel«, wie Höchenschwand sich nennt, mit weihnachtlichen Gesängen beschallen, auf dass es an Attraktivität gewinne, Touristen und andere Kaufwillige sich so richtig wohlfühlten, was erfahrungsgemäß bewirke, dass der Geldbeutel ihnen locker sitze, was auch zum Wohlbehagen der einheimischen Geschäfts- und Wirtsleute beitrage.

Ich habe dem Gemeinderat meine etwas andere Vorstellung sowohl von Weihnachtsstimmung als auch von Philosophie mitgeteilt. Aber so ist es immer: Behaupte ich kühn, Philosophie habe weniger mit Enten, Kühen und Kicken oder dem Weihnachtsgeschäft zu tun als mit der Frage nach dem rechten Leben, der Liebe zur Weisheit und dem Nachdenken über die letzten Dinge, gucken alle beleidigt und wollen nichts wissen von den letzten Dingen und von der Liebe zur Weisheit erst recht nichts.

Weil ich neugierig bin, ob die Sache mit dem Mond geklappt hat, fahre ich auf dem Heimweg bei Frau Vögele vorbei. Die streicht gerade den Gartenzwerg um, damit der »ordentlich was hermacht«, wenn er, wie alle ihre Gartenzwerge, unterm Christbaum steht, der auf dem Misthaufen erstrahlen wird. Vögeles haben nämlich immer einen Außen- und einen Innenbaum. Einen Christbaum und einen Mistbaum.

»Mal ich die Hose gelb oder blau?«

Im Gedenken an meine verewigten Gummibärle bin ich für grün. Dann frage ich nach der Susi.

»Alles in Ordnung.« Sie verpasst dem Zwerg noch zwei rote Backen und erkundigt sich nach Hexle.

»Die hat heut Nacht meine Teppichfransen gefressen, was ihr gut bekommen ist.«

Sie nickt und sagt, eins von den Ferkeln habe sich sogar an ihrem Schuhbändel gütlich getan. Woran man sehen könne, dass der Jugend nichts mehr heilig sei. Dann gehen wir in den Stall. Sie tätschelt der Susi den Hals. »Ist ein bisschen dünner geworden, aber die kriegen wir bald wieder rund. Hab sie vorhin gemolken. Wieder ganz weiß, die Milch. Gute Kuh, die Susi.«

Susi sieht mich erleichtert an mit ihren sanften Augen und muht stolz, als ich ihr und Frau Vögele mitteile, dass die alten Griechen Hera, die Zeusgattin, ihrer wunderschönen großen Augen wegen »die Kuhäugige« nannten. Eine Kuh »dumme Kuh« zu nennen, wäre damals einer Götterbeleidigung gleichgekommen. Das müsse sie unbedingt dem Georgios in Tiefenhäusern erzählen, sagt sie, bei dem sie manchmal Griechisch essen gingen, der habe bestimmt keine Ahnung von dieser kuhäugigen Göttergattin, obwohl seine Mousaka eine Wucht sei. Alle ihre Kühe, sagt sie, seien glückliche Kühe. Ihr Mann mische ihnen nämlich im Sommer immer vierblättrige Kleeblätter ins Futter. Ihr habe er letzte Woche zum Geburtstag eins mit fünf Blättern geschenkt, natürlich ein getrocknetes, das sei in den Salat gekommen.

Ich sage ihr, sie sehe genauso glücklich aus wie ihre Kühe, und sie verspricht, ihr Mann werde im Frühjahr auch für meinen Salat ein mindestens vierblättriges Kleeblatt finden. Dann schenkt sie mir wieder ein originelles Paula-Ei. Vorne lese ich »Kikeriki« und hinten: »Froe wainacht!«.

»Sie ist verliebt in den Gockel. Helfen die Eier bei Ihrem Krimi?«

»Und wie. Wir beide stehen gerade im siebzehnten Kapitel.«

»Und Sie stehen gerade im Mist. Wissen Sie schon, wer den Schwanzspitzenstern geklaut hat?«

Ich ziehe den Fuß aus dem Kuhfladen. »Stoffele rückt dem Täter immer näher auf den Pelz. Was man wörtlich nehmen kann, denn es handelt sich um einen Bären.«

Siehmaleiner an, die Bären, die schreckten wohl vor nichts zurück, sagt sie. Dann könne sie ja schon mal die letzten Weihnachtsgutsel backen. Sie habe Gwendolyn gebeten, dabei zu helfen, aber die habe nur ihre Gedichte im Kopf und den Angedichteten, der sei bei der Feuerwehr, wo er die Spritze bediene und den Befehl »Wasser marsch!« gebe. Also sie ziehe einen anständigen Zimtstern jedem unanständigen Gedicht vor.

Lump, das Riesenviech, kommt getrottet, reibt seinen Kopf an meinem Arm und versabbert zur Begrüßung meinen Pullover. Ich kaufe noch neunzehn braune Eier dazu, bestelle einen schönen Gruß an Mozart und verlasse den Stall.

Die Susi habe wieder einen viel dünneren Bauch, verkünde ich meinem Kater, und ihre Milch sei, mangels Mond, auch wieder schön weiß.

Stoffele gähnt. »Weil ich ihn heut Nacht zurückgeträumt hab.«

»Dann kannst du ihn, wenn's dunkel wird, endlich fragen, wer es gewesen ist, und den Bär lüften. Glaubst du, er wird es uns verraten?«

»Mal sehen. Mönder können ja, wie jeder weiß, den Mund nicht halten. Wenn er aufgegangen ist, frag ich ihn also. Wenn ich noch kann. In meinem Schüsselchen ist nix mehr drin. Ein leeres Schüsselchen zehrt sehr an den Kräften.«

Er schleppt sich mir nach in die Küche, verharrt vor dem Kühlschrank, fällt um, bleibt zitternd auf der Flanke liegen, ein armer geschwächter Kater, der am Abschnappen ist. Ich öffne die Tür, der Halbverhungerte springt auf, steht auf den Hinterpfoten, steckt den dicken Kopf in den Kühlschrank und sondiert die Lage.

Am Nachmittag backe ich, um auf andere Gedanken zu kommen, »Buddhale«. Ich war nämlich mal in Kaschmir, wo ich vom Markt in Leh, einem Karawanenstädtchen im Himalaja, ein paar Beutelchen Kardamom mitgebracht habe. Hinterher suchte ich nach Rezepten, bei denen man dieses feine Gewürz verwenden konnte. Ich fand eines für Plätzchen mit etwas Kardamom und reichlich Kokosflocken, verdreifachte die Kardamommenge – ich liebe es, barbarisch wild zu würzen – und taufte die Gutsel auf gut Badisch »Buddhale«. Und so zieht jedes Jahr der aufregende Duft von im Mörser zerstoßenem Kardamom durchs Haus. Der Erleuchtete hat es mir bisher nicht verübelt, dass ich die Buddhale in einer Dose aufbewahre, deren Deckel ein christlicher Nikolaus ziert.

Zottels ist ein Engel zugeflogen, aus Taiwan, wo ihr Sohn mit Weib und Kindern seit zwei Jahren lebt, und Frau Zottel hat mich zum Adventskaffee eingeladen und zur Bewunderung des Engels.

Zottels Engel ist eine Wucht. Er leuchtet nämlich. Nicht aus sich heraus, ich meine, es ist kein Glanz von innen, sondern einer von unten. Der Engel steht auf einer gelochten runden Platte, die Platte liegt auf einem Sockel, im Sockel steckt ein kleiner Motor, der den Engel sich drehen lässt, drückt man auf einen Knopf. Dabei dringen farbige Strahlen aus den Sockellöchern, die den allmählich den Drehwurm kriegenden Engel zauberhaft und Glück auslösend beleuchten. So der Beipackzettel in charmantexotischem Deutsch. Frau Zottel sagt, der Engel schlage auch leicht mit den Flügeln, öffne und schließe dabei den Mund und sei sogar der Sprache mächtig.

Was er denn sage, frage ich.

»Na, was soll er schon sagen, als Engel.«

Ich sehe den Engel in der Weihnachtsgeschichte von Heinrich Böll vor mir, der von seinem Christbaum herunter mit nicht enden wollender Bosheit ununterbrochen »Friede!« flüstert. »Friede! Friede!« und abermals »Friede!«. Was, wie jedem Menschen klar ist, nur zur endgültigen Zerstörung des Familienfriedens führen kann.

Frau Zottel zieht den Engel auf, und er legt los.

Er sagt aber nicht »Friede!«, sondern »Fürcht euch! Fürcht euch! Fürcht euch!«. Frau Zottel findet dies überraschend; gestern habe er das »nicht« noch draufgehabt; sie äußert den Verdacht, entweder sei der Engel technisch halt nicht immer ganz auf der Höh, oder mein Anblick habe ihn das Fürchten gelehrt.

Als ich in der Dämmerung durch den Schnee stapfe, zieht mir ein Gedicht durchs Gemüt, das ich vor langen Jahren in der Schule gelernt habe:

Es treibt der Wind im Winterwalde
die Flockenherde wie ein Hirt,
und manche Tanne ahnt, wie balde
sie fromm und lichterheilig wird.

Die zweite Strophe hab ich vergessen, doch nicht, wie das Gedicht endet. Die Tanne sehnt sich der einen Nacht entgegen, »der einen Nacht der Herrlichkeit«.

Heutige Tannenbäume haben aber kaum mehr Gelegenheit, sich nach dieser Nacht zu sehnen, werden sie doch verdonnert, schon Wochen zuvor zu leuchten, sodass ihnen am Heiligen Abend die Leuchterei vermutlich zum Hals heraushängt. Kann aber auch sein, der moderne Tannenbaum sieht das nicht mehr so eng wie ich und Herr Rilke, dessen Tanne eine besonders zart besaitete gewesen sein muss, mit einer ganz und gar altmodischen Vorstellung von Lichterheiligkeit.

Über Oberweschnegg kreisen Krähen. Eine hockt, schwarz und aufgeplustert, auf dem Ortsschild, vor dem ein dunkel gekleideter Mann steht, eine andere auf seiner Schulter. Sieht aus, als spreche er mit ihr. Wie heißt der, der mit Tieren zu reden pflegt?

»Sie sind nicht zufällig der heilige Franz?«

Der Mann zieht den Hut. »No, Madam.«

»Sind Sie sicher?«

»Quite sure, I'm surely not. But I love birds, just as he does.«

Er liebt Vögel wie dieser, ist sich aber sicher, nicht der heilige Franz zu sein. Ich hätt es mir denken können. Der Mann aus Assisi in Giottos Bild sieht doch etwas heiliger aus als dieser Mensch mit dem teigigen Gesicht, den Triefaugen, den herunterhängenden Backen, den dicken Lippen, den ich ja nicht zum ersten Mal sehe, der mir irgendwie bekannt vorkommt. Aber woher nur? Ich versuche, mich an das Foto zu erinnern, das den Umschlag des »Traums von der Einheit des Universums« ziert.

»Dann sind Sie vielleicht – Mister Weinberg?«

Er schüttelt den Kopf, der ist er auch nicht. Nickt mir zu und verschwindet langsam zwischen den Bäumen, verfolgt oder begleitet von einer Schar heiser krächzender Vögel.

Ich sehe ihm lange nach. Als ich mich wieder umwende, fällt mir auf, dass am Ortsschild eines der beiden g am Ende von »Oberweschnegg« fehlt. Gestern, ich weiß es genau, waren es noch zwei. Hat der Mann es mitgenommen? Und warum? Was hat er vor mit unserem g?

Es ist schon dunkel, als ich wieder zu Hause bin. Ich stecke Teelichter in den Schnee, zünde sie an, rücke den Sessel ans Fenster und freue mich an ihrem weichen, warmen Licht. Dann fängt es sachte an zu schneien, und eins nach dem anderen verglimmt. Wie wohltuend, dass Schneien etwas so Lautloses, Beruhigendes ist, dass es den Flocken nicht in den Sinn kommt, zu klingeln oder zu scheppern.

Ich denke an den Film, den ich neulich über Leonardos Mailänder »Abendmahl« gesehen habe. Die Kamera zeigt markante Gesichter und ausdrucksvolle Hände. Ich möge, so der Sprecher, nun das Bild in aller Ruhe auf mich wirken lassen. Und los geht's, aber nicht mit der Ruhe, sondern mit der Musik. Wagnerische Klänge dröhnen mir, den Aposteln und dem Herrn in ihrer Mitte die Ohren voll; die Farben, fürchte ich, könnten vor lauter Schreck noch mehr von der Wand abblättern, als sie es ohnehin schon getan haben. Um das Kunstwerk zu retten, bitte ich Leonardo um Verständnis – er hat es, er mag auch keinen Wagner – und schalte meinen dummen August wieder aus. Das tue ich immer öfter, weil es heutigen Filmemachern vor nichts mehr graust als vor der Stille und weil auch noch das gesprochene Wort mit so lauter Musik übertönt wird, dass man kaum mehr was versteht. Wie angenehm ist dagegen das lautlose winterliche Nahsehprogramm vor meinem Fenster …

Beim Schein einer Kerze – ich habe immer das Gefühl, Stiftersätze liebten Kerzenlicht – lese ich noch ein paar Seiten, sehe dabei immer wieder aus dem Fenster, lese und sehe »dem dichten Niederschütten der Flocken zu, und wie alles draußen ist eingehüllt in ein fortdauerndes graues Gestöber …«

18. Dezember

Als ich morgens mal raus muss, ist es noch dunkel. Auf dem Weg zurück ins Bett werfe ich einen Blick auf Stoffele, der in meinem Sessel inbrünstig schnarcht. Wenn ich schon wach bin, sollst du auch nicht mehr schlafen, denke ich und rüttle ihn. »Hast du den Mond nach dem Täter gefragt?«

»Hä?«

»Also: Welcher Bär war's?«

»Erst Frühstück. Dann Bär.«

Also Frühstück im Morgengrauen.

»Kater, die jeden Tag ein Stück Butter kriegen, haben ein glänzenderes Fell als ungebutterte Kater.«

Ich schmiere den Honig blank aufs Brot, er bekommt die Butter.

»Schmeckt's?«

»Es schmeckt nichts besser, als was man selber isst««, verkündet er. Das hat er von mir, und ich hab's von den Brüdern Grimm.

»Nun red schon!«

»Der Mond«, sagt Stoffele, »hat keine Ahnung.«

»Der lügt. Wahrscheinlich hat er Angst vor diesem Bären. Feiger Knochen, der Mond!«

»Der lügt nicht. Er hat einen Schock gekriegt, als die Kuh ihn gefressen hat, und kann sich an nix mehr erinnern.«

»Du hast ihn doch wieder zurückgeträumt an den Himmel.«

»Aber mit Schock. Er hat alles vergessen. Sogar, dass er der Mond ist. Hält sich für Hänsel in ›Hänsel und Gretel‹, weil er so dick ist, und behauptet, dass irgendwer ihn fressen will. Keine Angst, hab ich gesagt, du nimmst schon wieder ab. Als Zeuge ist der Mond unbrauchbar. Macht aber nix.«

»O doch. Das wirft uns gewaltig zurück. Jetzt wissen wir nicht, wer von allen infrage kommenden Bären der Mordbär ist.«

»Du nicht. Ich schon.«

Es folgt ein Ritual, das ich auswendig kenne und an dem ich sonst meinen Spaß habe. Stoffele macht Großputz an sich selber, mit einer Ausgiebigkeit, die einem jedoch auf den Wecker gehen kann, wenn's auf den Nägeln brennt.

»Muss das sein? Und gerade jetzt?«

»Es muss. Große Katerwäsche.« Er leckt sich das Maul, schleckt dann die rechte Pfote, bis sie nass ist. Fährt damit übern Kopf und sieht mich bedeutend an: »Heut Nacht hab ich den Fall gelöst. Ohne Mond. Während du gepennt hast.«

»Nein! Wie bist du draufgekommen?«

»Oben mit Köpfchen und unten mit Sessel. Und

der liebe Gott gibt es denen, die er besonders gut hingekriegt hat, ja auch im Schlaf.«

»Mir hat er nichts im Schlaf gegeben.«

»Ich rede von den Katern. Ein Licht ist mir aufgegangen. Und da drin hab ich ihn gesehen.«

»Den lieben Gott?«

»Den Bärletötersternenklaubär.«

»Und? Wer ist's?«

Er schleckt sich die andere Pfote und reibt mit ihr über die andere Kopfseite, über Augen und Ohren.

»Hör auf, die Schleckerei nervt.«

»Mich nicht. Schlecken ist immer gut. Solltest du auch öfters machen. Nötig wär's.«

»Ich hab nicht so viel Spucke. Dein Schwanztüpfel war auch schon mal weißer. Warum sagst du's nicht?«

»Wegen der Spannung.« Er dreht den Kopf und schleckt sich den Rücken, um mir zu zeigen, dass er um sich rumkommt, ich – wie vermutlich auch die Engel – jedoch nicht. »In Spannungen muss man herumstochern.«

»Wie bitte?«

»Man muss das tun, was du tust, wenn du mit dem Eisenstecken so im Kaminfeuer rumstocherst.«

»Ach so. Du meinst schüren. Du haarst, mein Lieber. Augenbutzen hast du auch. Aber mir kannst du's doch verraten. Den Leser lassen wir noch eine kleine Weile zappeln.«

Jetzt sind die Vorderbeine dran, es folgen Füße und

Krallen. Ein kleines Fellknäuel widersetzt sich der Putzerei und muss ausführlich beknabbert und geglättet werden. Nun kommen Schultern und Brust an die Reihe. »Du zappelst mit. Aber bald führ ich ihn dir vor. Demnächst in dieser Geschichte.«

Er nimmt sich die Flanken vor, klemmt sich dann den Schwanz zwischen die Pfoten und bearbeitet ihn unter Geschmatze und Gegrunze geradezu verbissen, wobei er die Augen fest zuzwickt: »Stoffele in Concert!«.

»Aber ist das nicht gefährlich?«

»Nicht mehr. Ich hab ihn entschärft, den Bär. Wieder schön weiß, mein Tüpfel, was?«

»Weißer geht's nicht. Bringst du ihn am Nasenring? Liegt er in Ketten? Oder hat er wenigstens einen Maulkorb? Musst du dir auch noch den Hintern schlecken?«

Er sei, so Stoffele, ein anständiger Kater, und als solcher lege er, anders als dieses Ferkel von Zottel, der auch hinten ganz verzottelt sei, größten Wert auf einen sauberen Hintern. Dann erklärt er, erschöpft von der nächtlichen Mondaktion sowie von der Putzerei zu sein, er müsse jetzt unbedingt den Schongang einlegen. Nach dem Frühstück ruhe man ja besonders gut. Womit er aber nicht mich meine. »Du schreibst, dass mir der Bär aufgegangen ist. Mit passenden Wörtern.«

»Welche fändest du denn passend, mein Lieber?«

»Wörter, die allen sagen, was für einer ich bin.«

»Und was bist du für einer?«

Seine angeborene Bescheidenheit verbiete ihm, sich dazu zu äußern, sagt er, dreht sich auf die andere Seite und ist weg.

Da Stoffele also aus spannungsschürerischen Gründen sowie aus einem Hang zum Sadismus heraus nicht dran denkt, mir den Täter zu präsentieren, und mich sowie die Leser weidlich schmoren lässt, gucke ich, statt wie befohlen Lobeshymnen auf ihn zu schreiben und den Krimi auf den neuesten Stand zu bringen, eine ganze Stunde lang den Dompfaffen in ihren schönen roten Talaren zu, die am Holunderbaum blühen und warten, bis im Vogelhäuschen ein Futterplatz frei wird.

Und dann – »Stoffele, komm mal her!«

Der schüttelt immer wieder den Kopf und kratzt sich in den Ohren. Ich gucke in seine Ohrmuscheln. »Ganz dunkel. Krusten und kleine Pünktchen. Du hast Milben.«

»Nicht so laut«, zischt er. »Das braucht sie nicht zu hören.«

»Hexle schläft. Diese ständige Kratzerei macht keinen guten Eindruck auf junge Katzendamen.« Ich hole die Tube, die mir der Tierarzt »für alle Fälle« mitgegeben hat. »Ich schmier dir Salbe hinein.«

Er schleicht in Richtung Tür.

»Du bleibst!«

»Und wenn das Ohr kaputt geht?«

»Ohren sind außerordentlich haltbar. Ohne Milben noch länger.«

»Es tut bestimmt furchtbar weh.«

»Das tut es nicht.«

»Woher weißt du das?«

»Vom Beipackzettel.«

»Was ist das?«

»Da steht alles Wichtige drauf über Ohren und Milben.«

Stoffele verlangt dieses beigepackte Wichtige zu hören, dann werde er das Für und Wider abwägen und mir seine Entscheidung mitteilen. Ich setze die Brille auf und lese vor: »Gel zum Einbringen in das Ohr. Zur Behandlung von Ohrenentzündungen bei Hund und Katze –«

»Unverschämt«, sagt Stoffele. »Ein Katerohr ist was Besseres als so ein schlappiges Hundeohr. Und Katerohrmilben sind bessere Milben. Schmier das Zeug Lump in die Ohren.« Er marschiert zur Tür.

»Wart! Da steht noch mehr. Etwas über die Inhaltsstoffe. Das ist das, was drin ist. Lauter gute Sachen. Neomycinsulfat. Nystatin. Triamcinolon. Und Hexachlorcyclohexan.«

»Hast du ›Hex‹ gesagt?«

»Die steckt auch in der Salbe drin.«

»Du lügst. Sie steckt nicht in der Salbe, die liegt in meinem Körbchen.«

»Das Wort ›Hex‹ steckt in der Salbe.«

»Dann schmier es doch in ihre Ohren.«

»Sie hat aber keine Milben.«

»Ich geb ihr ein paar ab.«

Ich lese weiter. »Bei einzelnen hypersensiblen Tieren können vorübergehend Gleichgewichtsstörungen auftreten.«

»Was ist das?«, fragt er misstrauisch.

»Dann schwankst du hin und her. Weil dir ein bisschen schwindlig ist.«

»Ich bin ein ehrlicher Kater«, sagt Stoffele empört. »Ich schwinkle nicht. Nur manchmal. Weiter!«

»Keine Salbe auf das Fell bringen, um ein Ablecken zu vermeiden«, lese ich. »Intoxikationsrisiko.«

»Was ist riesig?«

»Das heißt, ich schmier dir die Salbe ins Ohr, nicht auf den Pelz, sonst schleckst du sie ab, was nicht gut wär.«

Das leuchtet ihm ein. »Schmeckt bestimmt saumäßig.«

»Das ist nicht gemeint. Sie ist giftig.«

Stoffele fährt zurück. »Willst du mein Ohr vergiften?«

»Das Ohr nicht. Die Milben.«

»Aber woher weiß mein Ohr, dass nur die Milben draufgehen sollen und es nicht?«

»Das weiß es, weil Katerohren hochintelligent sind. Ich lese weiter: ›Nicht bei Tieren anwenden, die der Gewinnung von Lebensmitteln dienen.‹«

»Nicht schlecht. Was gibt's denn zu gewinnen? Ein paar Büchsen ›Lachshäppchen an feiner Soße‹?« Er schleckt sich vorfreudig die Schnauze.

»Leider nicht. Wenn ich dich zu einem ›Falschen Hasen‹ verarbeiten würde oder zu ›Katerwienerle‹, dürft ich dir das Zeug nicht in die Ohren schmieren. Dann würdest du mich vergiften.«

Er starrt mich an.

»Keine Angst«, beruhige ich ihn. »Nie würde ich auch nur einen Bissen von meinem lieben Stoffele hinunterkriegen. Erst recht nicht, wenn er vorher mit Milbensalbe behandelt und dadurch ungenießbar geworden wär.«

»Ich tät dich auch nicht fressen«, sagt er. »Man braucht ja jemand, der einem immer die Türen aufmacht. Und dich gibt's nur am Stück, nicht in kleinen Häppchen. Und ohne lebenswichtige Mine und so Zeugs.«

Ich werfe die Salbentube in den Mülleimer. »Stoffele, wir lassen es. Deine Milben bringen wir biologisch um die Ecke. Da haben sie mehr davon.«

Ich sehe im Buch »Körperpflege für alternativ denkende Kater und Katzen« nach unter »Parasiten«. Das kluge Buch verrät mir, indisches Niemöl tue es auch, sei ungiftig, für die Milben ein wahres Vergnügen und sehr teuer. »Morgen kauf ich ein Fläschchen.«

»Das mit den Milben schreibst du aber nicht«, verlangt Stoffele. »Weil das niemand was angeht. Und es hat ja nix zu tun mit unserem Krimi.«

»Wenn ich es doch aufschreibe, dann nur als Tipp für die Leserinnen und Leser, die das große Glück haben, ihr Leben mit einem Katzentier teilen zu dürfen, und für den Großen Himmelskater. Vielleicht hat der auch Milben.«

Weil Stoffele findet, Vanillehörnle würden dieses Kapitel ungemein aufwerten, mach ich mich abends ans Backen. Aber da die meisten Leserinnen ja wissen, wie man Vanillehörnle macht, oder, wenn sie's nicht wissen, in ihrem Backbuch selber nachgucken können, erlaube ich mir, Rezept und Backerei nicht zu beschreiben und stattdessen noch etwas fernzusehen. Einen Krimi von Alfred Hitchcock, vielleicht kann ich noch was von ihm lernen.

In einer Szene watschelt ein kleiner dicker Mann über eine Straße, dreht sich um, zwinkert mir zu: Hängebacken, Wulstlippen, Triefaugen.

Dass ich nicht gleich drauf gekommen bin! Mein kleiner Unbekannter ist ein großer Bekannter. Alfred Hitchcock, der alte Meister, gönnt sich, man weiß es, das Vergnügen, stets ein paar Sekunden in seinen Filmen aufzutauchen. Mal latscht er über einen Zebrastreifen, oder er steht irgendwo sinnend herum, oder er guckt aus einem Fenster. Wenn er nun auch in meinem Krimi sein Wesen treibt, kann das nur bedeuten, er hat dessen besondere Qualität erkannt. Ich fühle mich geschmeichelt. Dass er unser g vom Ortsschild »Oberweschnegg« geklaut hat, verzeihe ich ihm gern, mein Kater hinterlässt ja auch überall seine »Duftmarke«, die dem Kundigen sagt: Stoffele war hier. In diesem – und zwar im wahrsten Sinn des Wortes – Fall: Alfred Hitchcock was here!

19. Dezember

»Wo ist Hexle?«

»Drüben bei Zottels, Fische gucken.« Zottels haben nämlich ein Aquarium. Mein Kater legt, Hexles häufige Ausflüge in die Nachbarschaft missbilligend, die Ohren flach an.

»Stoffele, ich halt's nicht mehr aus.«

»Ich auch nicht. Die kriegt Hausarrest.«

»Stoffele, wer ist der Bärletötersternenklaubär?«

»Die Zeit«, sagt Stoffele, »ist noch unreif.«

»Und wann ist sie reif?«

»Wenn ich Hexle abgerichtet hab. Wie wär's mit einem kleinen Happen zwischendurch?«

Zur Entsagung gehört Charakter. Stoffele hat sich – nicht ganz freiwillig, zugegeben – vom Verehrer zum Lehrer gewandelt. Aus dem verliebten Eros ist ein pädagogischer geworden. Als Hexle zurück ist vom Fischgucken, erklärt er seine Bereitschaft, sie das Klettern zu lehren. Ich wohne vom Fenster aus dem Unterricht bei.

Stoffele zu Hexle: »Dort steht deine Übungsbirke. Du nimmst dein Herz in die Pfoten, rennst los, kletterst den Stamm hinauf, und schon bist du auf dem untersten Ast. Mehr schaffst du am Anfang als Katze nicht. Halt dich fest und hab keine Angst, ich bin ja da. Achtung, ich mach's dir vor!« Nach drei Minuten ist er glücklich auf halber Höhe. »Jetzt du!«

Hexle saust stammauf, verharrt einen Meter über Stoffele, lässt sich fallen, fängt sich geschickt mit den Pfoten wieder, hangelt sich am Ast entlang, macht einen Purzelbaum, saust genauso schnell wieder stammab – kopfüber – und landet im Schnee. Bei Stoffele dauert das Herunterkommen etwas länger.

Zwei Stunden später springt ein verkatert wirkender Kater auf den Tisch, setzt sich neben den Computer und befiehlt: »Schreib!«

»Endlich!« Ich haue auf die Tasten, ich schreibe: »Der lang erwartete Täterbär ist – na?«

»Nix Täterbär«, sagt Stoffele. »Hausordnung.«

»Wozu brauchen wir die? Wir sind alle beide Schlamper, die sich an so was nicht halten. Die letzte Hausordnung, die ich auf deinen Befehl hin geschrieben habe, ist im Kaminfeuer gelandet.«

»Die hier ist für Hexle. Damit sie weiß, wie sie sich in meinem Haus zu benehmen hat. Die braucht eine starke Pfote. Einer Katze darf man nicht alles durchgehen lassen. Unverschämtheit von einem so kleinen Ding, eine so große Maus zu fangen. Nur Kater fangen große Mäuse. Wenn sie wollen. Wollen sie nicht, fangen sie keine oder höchstens eine kleine, weil sie eine große nicht nötig haben. So schnell die Birke raufzuklettern ist eine Frechheit. Nur Kater klettern so schnell. Wenn sie Lust dazu haben. Haben sie keine Lust, bleiben sie unten.«

»Können wir die Hausordnung nicht verschieben? Unser Krimi ist in der Endphase. Der Leser giert nach dem Namen des Täters, den du zu kennen behauptest. Ich giere auch. Und denk doch an die Käthe, die auf dem Berg Sinai hockt und ihrer Befreiung von der Sklavenarbeit, die ihr der Kikeriki aufgebrummt hat, entgegenfiebert.«

»Entweder du schreibst jetzt die bitterlich nötige Hausordnung, oder ich geh. Aus dem Haus und aus dem Krimi. Diesmal für immer, und für ewig auch noch gleich dazu. Die Käthe soll ruhig noch ein bisschen fiebern. Wenn ich nämlich weg bin, kann sie auf ihrem Sinaiberg nähen, bis ihr der rote Faden ausgeht. Und du kannst gucken, wo du den Täter herkriegst. Leg dir doch einen Hund zu!«

Nein, einen Hund will ich nicht.

Und Stoffele diktiert mir die »Hausordnung für Nichtkater, auch Katzen genannt«:

1) Der Kater ist der Herr im Haus.
2) Die Katze hat dem Kater, ohne rumzumaunzen, immer zu folgen.
3) Der Kater singt grundsätzlich schöner, klettert schneller, fängt mehr und größere Mäuse als die Katze.

4) Als Katze schaut man immer von unten zum Kater auf.
5) Zuerst frisst immer der Kater. Die Katze kriegt, was übrig bleibt.
6) Will der Kater auf den Sessel, hat die Katze diesen sofort, freiwillig und freudig zu räumen.
7) Schläft der Kater, geht die Katze auf Pfotenspitzen.
8) Tut dem Kater etwas weh, hat die Katze ihn zu bedauern. Sie hat dreimal hintereinander zu sagen »Ach, du armer Kater!« und ihn mit der Pfote zu streicheln. Und zwar sanft.
9) Spricht der Kater, hält die Katze die Schnauze.
10) Im Übrigen gilt immer der Satz: Alles für den Kater!

»So!«, sagt Stoffele, sich zufrieden den Bart streichend. »Das liest du dann Hexle vor. Sie soll's auswendig lernen. Ich hör sie später ab. Kann sie's nicht, gibt's was hinter die Ohren. Und jetzt bin ich bereit, mich weiter um unseren Täterbär zu kümmern.«

»Wenn der nicht längst getürmt ist.«

»Kann er gar nicht. Du backst inzwischen. Diese gelben Dinger, wo oben was drauf ist.«

Die kleinen gelben Dinger mit was obendrauf sind, wie man in unserer Familie sagt, »Butterbackes« – hochdeutsch »Buttergebäck«. Es gibt drei Versionen: »fein«, »fein-fein« und »hochfein«. Ich backe »hochfein«, denn da ist mehr Butter drin, was mein Kater sehr goutiert. Besonders scharf ist er auf Monde. Ich habe mir, ihm zuliebe, nämlich drei Ausstechförmchen zugelegt, einen Vollmond, einen Halbmond ohne und einen Sichelmond mit Knollennase, der so klein ist, dass ich den Teig nur aus dem Förmchen bekomme, wenn ich ihn mit einem Bleistift herausdrücke. Bevor ich die Monde in den Backofen schiebe, bestreiche ich sie, Stoffele zuliebe, reichlich mit in Sahne verrührtem Eigelb, er ist nämlich ein passionierter Mondschlecker. Wenn ich nicht scharf aufpasse oder ihn aus der Küche hinausschmeiße, schleckt er sie ab. Was nun ich – im Gegensatz zu den Monden, die das kitzelt, weshalb sie vor sich hinkichern – nicht besonders zu schätzen weiß.

Abends spaziert er erhobenen Schwanzes gut gelaunt in die Küche. »Was hat sie gesagt?«

»Miau!«, hat sie gesagt.

Der Schwanz stürzt ab.

»Besonders bei Punkt zehn (Alles für den Kater) hat sie ungläubig geguckt und die Pfote geschüttelt. Woher willst du eigentlich wissen, dass alles für den Kater ist?«

»Dieses Wissen ist jedem Kater eingeboren.«

»›Wir sehen‹«, sage ich, »›unsere vornehmste Aufgabe darin, die Situation der Frau und ihre Unterdrückung und Verfügbarmachung durch das Herrschaftsinstrument einer männlich geprägten Sprache sowie ihren emanzipierten Aufbruch aus patriarchalischen Bindungen unseren toleranten Leserinnen und Lesern nahezubringen.‹«

»Was soll der Quatsch?«

»Hat der Verlag geschrieben, und du hast es ausdrücklich gutgeheißen.«

Verächtliches Pfotengeschlenker. »Dieses neumodische Getue gilt, wie jeder Kater weiß, nur für Menschen. Bei allen höheren Lebewesen herrscht Zucht und Ordnung. Hier war, ist und wird immer sein: alles für den Kater! Der Kater ist der Herr im Haus. Ich hab Hunger.«

»Du bist kein Kater, du bist ein Rollmops«, sage ich, Stoffeles kürzlich vermutete geistige Überlegenheit für einen Augenblick infrage stellend. »Du frisst dich durch deinen Fall. Dein Pelzmantel platzt aus allen Nähten.«

»Schwarz macht schlank.«

»Stoffele, ich halt's nicht mehr aus. Wer ist der Schurke, der meine armen Bärle und den himmlischen Stern auf dem Gewissen hat?«

»Wir haben noch Schlagsahne.«

Ich fülle sein Schüsselchen, das, seinem weißen Schwanztüpfel zuliebe, ebenfalls getüpfelt ist.

Ich habe nämlich festgestellt, dass Tüpfel eine ausgesprochen positive Wirkung auf meinen Kater haben, dass er weniger an seinem Futter herummeckert – es fehle mir nämlich, wie er gern sagt, leider immer noch an Qualitätsbewusstsein, was seine Ernährung angehe –, wenn er es in einem getüpfelten Schüsselchen serviert bekommt. Ich gebe den Tipp an die Leser weiter: Getüpfeltes Geschirr veredelt jedes Gericht und ist, wenn ich so sagen darf, »das Tüpfelchen auf dem i«. Kann man auch bei Nichtkatern ausprobieren.

Nachdem er sein Schüsselchen mit atemberaubender Gründlichkeit ausgeschleckt hat – ich sehe nach, ob auch noch alle Tupfen da sind –, glaubt er, sich zu erinnern, dass vorne rechts im Kühlschrank ein Stück Parmaschinken liege, dessen er sich annehmen könne, wenn ich darauf Wert legte. Bitte klein geschnitten und in gleich großen Häppchen.

Ich lege Wert darauf. Er nimmt sich an. Während er sonst schlingt, als fresse ihm jemand was weg, geht er nun höchst bedächtig vor, holt Stückchen für Stückchen aus dem Napf, platziert eins neben das andere, wie ein Jäger, der seine Strecke legt, betrachtet sie wohlgefällig, beschnuppert sie ausgiebig. »Man muss«, sagt er, die Pfote hebend, »seinen Menschen erziehen und das Beste rausholen, was in ihm steckt. Und in seinem Kühlschrank.«

»Wo hast du denn das her?«

»Von Zottel. Der hat's von Vögeles Mozart. Und der hat's vom Apothekerkater. Und der hat's von mir.« Er wendet sich den Häppchen zu.

»Nun mach schon!«

»Der liebe Gott hat die Zeit gemacht, aber von Eile hat er keinen Piep gesagt. Hat mein Pfarrer immer erklärt, wenn die Leute in der Kirche gehockt sind und er noch beim Frühstück. Sind noch Katzengutsel da?«

Es sind – es waren – noch drei.

Er schleckt sich den Bart, jedes Härchen einzeln, zwickt die Augen zu, macht sie wieder auf und wieder zu, und nachdem ich erklärt habe, kein Fitzelchen Essbares mehr zu haben, meint er, obwohl Hexles Erziehung noch nicht abgeschlossen sei, wolle er mal nicht so sein: »Mach's Fenster auf!«

»Ich trat an das Fenster und blickte gegen den Himmel. Es stand kein Mond an demselben und keine Wolke, aber in der milden Nacht brannten so viele Sterne, als wäre der Himmel mit ihnen angefüllt und als berührten sie sich gleichsam mit ihren Spitzen.« Sagt Stifter.

Ich öffne weit das Fenster.

»Hock dich hin. Nein, auf den Boden. Zu meinen Pfoten.«

»Warum muss ich immer runter?«

»Weil es sich so ziemt. Jetzt guck hinaus. Was siehst du?«

»Nacht. Himmel. Mond. Sterne. Wie immer.«

»Und da, wo meine Pfote hinzeigt?«

»Auch Sterne. Wart mal – ist es der Orion? Nein? Das Siebengestirn? Auch nicht? Vielleicht der Große Bär?«

»Er ist es. Guck seinen Schwanz an!«

Ich betrachte den Großenbärenschwanz.

»Was fällt dir auf?«

»Der Schwanz ist hinten.«

»Und sonst?«

»Nichts.«

»Blinde Kuh!«, sagt Stoffele freundlich.

»Was sollte mir denn auffallen?«

»Dass der Schwanz länger ist als vorher.«

»Er wird halt gewachsen sein«, sage ich. »Deiner war auch mal kürzer als heut.«

»Bei einem Sternenbär wächst der Schwanz nicht mähr. Gut gesagt, was?«

»Ja, sehr poetisch. Wieso ist er dann länger als vorher?«

Stoffele schweigt bedeutungsvoll.

»Hat jemand dran gezogen? Vielleicht der Kleine Bär?«

Stoffele schweigt noch bedeutungsvoller.

Und auf einmal fällt es mir wie Schuppen von den Augen. »Du meinst, der Große Bär ist – der Große Bär hat – der Große Bär war's?«

»Na endlich. Du brauchst aber lang. Er hat den Stern vom Ende vom Schwanz vom Großen Kater geklaut und an seinen drangehängt.«

»Aber warum hat der Kerl etwas so Schreckliches getan? Wer hat so etwas je gesehen, seit es Sterne und Bären gibt?«

»Weil er ein Neidbär ist. Weil er nur einen mickrigen Stummelschwanz hat. Drum. So ist der Bär!«

»Wie bist du draufgekommen?«

»Mit Ki. Wer hat, der hat.« Er strahlt grenzenlose Hochachtung vor sich selbst aus, die ich teile, was er, ohne sich zu zieren, zur Kenntnis nimmt.

»Und nun? Willst du dem Schurken ein Liedchen singen? ›Bär, du hast den Schwanz gestohlen, gib ihn wieder her –‹«

»Den krieg ich schon rum. Psülogisch, wie wir Kater sagen. Die meisten Bären haben innen in sich drinnen nämlich einen guten Kern. Aus dem kommt ihr freundlicher Brumm. Bald hat der Große Kater seinen Schwanzspitzenstern wieder.«

»Wann ist ›bald‹?«

»Wenn's weihnachtet. Da kriegt man ja immer was geschenkt.«

»Aber heut ist erst der neunzehnte. Stoffele! Warum lässt du ihn und mich und den Leser noch fünf Tage warten?«

»Weil ich die Käthe noch befreien muss auf dem Sinai-Misthaufen. Und« – sein Schwanz hebt sich froh gestimmt – »weil es mir saumäßig Spaß macht.« Er sieht mich triumphierend an. »Dann ist der Fall gelöst, der Krimi fertig, wir kriegen den Preis, ich krieg den Ruhm.«

»Na, na!«

»Nur ein kleines bisschen Ruhm.« Er legt den Kopf

schief. »Mehr oder weniger Ruhm.« Blinzelt. »Lieber mehr Ruhm als weniger.«

Schließt das rechte Auge. Im linken Begeisterungsgefunkel. »Noch mehr Ruhm.« Schließt das Funkelauge, öffnet das andere, lässt es teuflisch gluhen. »Viel Ruhm.« Öffnet beide. Was für ein Blick: gierig, feurig, wild. »Noch viel mehr Ruhm, Ruuuuuhm, Ruuuuuuhm.« Verliert die Contenance, fällt um, streckt alle viere von sich. »Allen Ruhm, wo's gibt. Hexle wird gucken.«

Dann tatzelt er nach dem Strohstern, der an einem Goldfaden vom Fensterkreuz hängt. »Hast du noch ein bisschen Ruhm?«

Er meint Sahne.

Frau Zottel borgt sich ein paar Eier für ihren Christstollen und teilt mir besorgt mit, sie zweifle an ihrem Verstand. Zehnmal habe sie die Fische im Aquarium gezählt und sei immer nur auf siebzehn gekommen. Wo sie doch so sicher gewesen sei, dass es neunzehn – und ob ich glaubte, das habe mit dem Alter zu tun.

Kann schon sein, sage ich, bevor sie draufkommt, es könne auch etwas mit Hexle zu tun haben, die sich auf dem Teppich rollt und die Schnauze schleckt.

Der Schlaf flieht mich. Daran ist mein schwarzer Teufel schuld. Lässt mich schmoren, weil ihm das Spaß macht. Dir werd ich's zeigen, Mephistopheles! Schluss mit Ruhm. Da kann Mister Hitchcock durch unseren Krimi laufen und Buchstaben von unserem Ortsschild klauen, so viel er will.

20. Dezember

Beim Frühstück:

»Du guckst, wie wenn du mit der falschen Pfote aufgestanden wärst«, sagt mein Kater. »Ist was?«

Ich mache das tragische Gesicht, das ich vorhin am Spiegel geübt habe. »Es ist aus. Ach du mein armer, armer Kater!«

»Noch nicht. Wir kennen, mir sei Dank, zwar den Täterbär, aber aus ist unser Krimi nicht. Erst an Weihnachten hat der Leser ausgezappelt. Und du auch.«

»Stoffele, sei tapfer. Nachdem ich gestern Abend die Literaturbeilagen von FAZ und ZEIT und der SÜDDEUTSCHEN ZEITUNG durchgesehen hab, in denen sie ›Bücher für den Gabentisch‹ empfehlen, hatte ich ein Aha-Erlebnis. Die sagen nämlich ganz unmissverständlich, was eine gute Geschichte ausmacht. Jetzt, kurz vor dem Ende, ist mir plötzlich klar geworden, was ich unterschwellig immer geahnt habe: Unser Krimi taugt nichts. Es fehlt Entscheidendes. Schlaflosigkeit suchte mich heim. Ich musste aufstehen und Springerle backen. Und die sind danebengegangen. Springerle sind nämlich sehr sensibel, sie haben keine Füßle gekriegt, weil ich so durcheinander war. Stoffele, ich werfe das Handtuch.«

Statt eines Handtuchs werfe ich eine Decke über den Computer. Auf ihr steht »Gut Nacht!« – auch ein Meisterwerk meiner stickfreudigen Oma, das sie allerdings für ihren Kanarienvogel angefertigt hatte.

Stoffele richtet sich auf. »Was hör ich? Erst hab ich dir einen noch nie da gewesenen Fall herbeigeschafft. Dann einen stinkenden, blutigen Knochen. Dann den Massenmord an den Bärle. Dann einen hochkünstlerischen Exotikdschungel mit Sofa. Dann den Dschungel wieder ab. Dann den gefressen gewesenen Mond wieder her. Dann den Bärentätersternenbär. Die Käthe steht kurz vor ihrer Befreiung. Der Himmelskater freut sich auf seinen wiedergefundenen Schwanzspitzenstern. Ich hetz mich ab. Und du? Findest ein Haar nach dem andern im Schüsselchen.«

»Stoffele! Ich bin kein Geist, der stets verneint. Aber jetzt seh ich glasklar: Dieser Krimi war von Anfang an ein Flop. Fangen wir mal ganz oben an. Der von uns beiden mehrmals erwähnte liebe Gott hat, und das sagen alle, die sich mit Literatur auskennen, in einer modernen Geschichte nichts zu suchen. Der liebe Gott ist von gestern. Mister Weinberg war gewiefter als wir, der hat ihn gleich gar nicht hineingelassen in sein Buch, das allgemein sehr gelobt und in der FAZ besprochen wurde. Uns lobt keine FAZ. Den lieben Gott hätten wir konsequent rauslassen müssen.«

»Wie den armen Hund auf dem Plakat vor dem Supermarkt, wo draufsteht, dass er leider draußen bleiben muss?«

»Du sagst es. Weiter: Ein Buch, das was taugt, hat, so der Verlag, von brennender Aktualität zu sein. Bei uns brennt nichts. Und es soll nicht nur ein paar Leser interessieren, sondern die Allgemeinheit. Für einen verschwundenen Schwanzspitzenstern interessiert sich kein Schwein.«

Stoffele stemmt die Pfoten ins Kissen und fährt zurück.

»Wenn ein himmlischer Schwanz nicht mehr ganz ist, wenn ein hoch bedeutender Stern verschwindet, das soll nicht aktuell sein, wo doch Sterne für alle da sind, und wenn das erst mal anfängt, dass jeder sich bedient und Sterne vom Himmel holt, wie's ihm passt, dann wird's duster. Brennender geht's gar nicht. Noch was zu meckern?«

»Und ob! In dieser Geschichte fehlt einer, der in keinem literarischen Werk von Rang fehlen darf.«

»Quatsch! Es sind sogar zwei drin. Der Himmelskater oben und ich unten.«

»Ich spreche vom Zeitgeist.«

Stoffeles Schwanz wird zum Fragezeichen.

»Jede Zeit hat so einen.«

»Wo steckt der Kerl?«

»Auf der Höhe der Zeit.«

»Hat die einen Buckel, auf dem er draufhockt?«

»Könnte man sagen. Er hat alles im Griff. Die Menschen, die Politik, die Kunst, das Fressen, die Moral –«

»Aber nicht die Kater!«, sagt Stoffele entschieden. »Weiter!«

»Man ist ja nicht ganz ohne Ehrgeiz und wird nicht ungern gelobt, auch wenn's nicht in der FAZ ist. Ich stell mir vor, wie großartig es wäre, wenn man über unsere Geschichte was Ähnliches lesen könnte wie das, was ich gestern in den Feuilletons gelesen habe: ›Im banalen Augenblick bringt die Autorin jedermanns Erfahrung sinnlich zum Vorschein.‹ Klingt doch toll, was?«

Stoffele starrt mich erschrocken an.

»Oder: ›Welch eine abgründige, tiefe Geschichte!‹ Oder auch: ›Die Dichterin reißt ihren Figuren mit spitzer Feder die Maske vom Gesicht.‹ Oder: ›Ein Buch wie ein Geschoss.‹ Oder, ganz schlicht: ›Ein Meisterwerk.‹ Oder: ›Diese Autorin berechtigt zu den schönsten Hoffnungen! Eine Geschichte von bestechendem Realismus.‹«

»Was ist rea-rea –?«, fragt Stoffele, »und warum sticht die Geschichte?«

»Man soll so schreiben, dass die Leser nicken: Ja, genau so ist es, das Leben. Besonders meins.

Heut Nacht hab ich mich an den Computer gesetzt und verzweifelt versucht, unsere Geschichte etwas realistisch aufzupäppeln. Aber meine Finger haben nicht so gewollt wie ich. Weißt du, was ich auf dem Bildschirm lesen musste?

Das Mann, der Frau, die Bu,
die gingen gen Dingolfing zu.
Und als sie in Dingolfing waren,
da waren sie alle beisammen,
das Mann, der Frau, die Bu.

Das ist ein Abzählvers für Kinder. Und als ob das nicht genug gewesen wäre, haben meine tückischen Finger noch den folgenden Satz geschrieben: Endele, bendele sirlesar, ribbede, bibbede schnipp!

»Und das ist nicht rea-rea –?«, fragt Stoffele.

»Das ist barer Unsinn. Doch es fehlen nicht nur der Zeitgeist und der Realismus. Unsere Geschichte ist auch zu einfach. Heute rackern die Dichter sich ab, um ihre Geschichten möglichst kompliziert zu machen.«

»Schmecken sie dann besser?«

»Das ist so: Ist die Geschichte zu einfach, verstehen die Leser sie gleich und ärgern sich über den Dichter. Der arrogante Kerl hält uns für blöd, denken sie, der traut uns nicht zu, etwas Schwieriges zu verstehen, wo ich doch meinen Realschulabschluss mit 2,6 gemacht hab. Und für die, die im Feuilleton darüber schreiben, sind einfache Geschichten ›Pfui!‹. Geschichten, sagen sie, müssen so kompliziert sein, wie es unsere

Zeit nun mal ist. Und die Dichter schämen sich sehr, wenn ihnen eine einfache, leicht verständliche Geschichte versehentlich aus den Fingern gerutscht ist. Ich kenne diese Geschichte nicht, sagen sie dann und gucken weg, wenn jemand sie ihnen vor die Nase hält. Ihm könne nichts Schlimmeres passieren, erklärte erst neulich im Fernsehen ein junger, düster blickender Dichter, als verstanden zu werden. Da müsse er sich geradezu vor sich selber schämen. Weil er denkt, man denke, er sei von gestern. Er will aber lieber von morgen sein, noch lieber von übermorgen. Weißt du, was er um den Hals getragen hat?«

Stoffele vermutet einen Strick. »Zum Sichdranaufhängen.«

»Einen melancholischen schwarzen Schal mit trübseligen Fransen. Ich aber hab nur einen grünen, fransenlos und mit seligen Tupfen. Und mit einer gut und fröhlich endenden Geschichte, wie der weltberühmten, in welcher fünf Hühnerchen, die sich um einen Regenwurm zanken, am Ende alle ›Piep‹ sagen und sich wieder lieb haben – mit einer solchen Geschichte schaufelt der heutige Dichter sich sowieso das eigene Grab.«

Mein Kater senkt den Kopf.

»Weiter«, sage ich unbarmherzig: »Eine heutige Geschichte braucht unbedingt ein paar Brüche. Risse gingen auch. In der Handlung, in den Personen und in der Sprache. Sagt die ZEIT. Und die muss es wissen. Der oben erwähnte Zeitgeist berät sie.«

Stoffele schlägt Löcher vor. »Die sind ganz ähnlich wie Risse und Brüche. Von denen haben wir ja ein paar. Löcher im Abendland. Löcher im Nachthemd von der Käthe. Löcher im Weltall. Löcher gehen auch. Und im Kapitel mit dem Bär bin sogar ich fast nicht mehr mitgekommen. Man kann also sagen, es handelt sich um eine saumäßig verkuddelmuddelte und darum äußerst heutige Geschichte, für die wir uns nicht schämen müssen, auch wenn wir keinen schwarzen Schal haben, sondern was viel Besseres, nämlich einen schwarzen Schwanz, und ein heutiger düsterer Dichter soll uns das erst mal nachmachen, und Fransen sind blöd, weil sie einem nur in die Milch hängen.«

»Aber der weiße Tupfen an deinem Schwanzende ist einfach zu optimistisch, der stimmt mich immer so froh«, sage ich.

Stoffele verdeckt seine heitere Schwanzspitze mit der Pfote.

»Und ich bezweifle sehr, dass das Formulieren der Sprachlosigkeit uns gelungen ist. Ohne Sprachlosigkeit geht nix, sagt die FAZ. Eine Geschichte, die es wert sei, gelesen zu werden, schreie geradezu nach Sprachlosigkeit und nach Dichtern, die unter derselben verzweifelt heulen und zähneknirschen. Sagt die SÜDDEUTSCHE. Stoffele, Pfot aufs Herz: Leiden wir unter Sprachlosigkeit? In dieser Geschichte wird dauernd geredet. Gebrüllt. Gemaunzt. Gesungen. Gequasselt. Gequatscht. Geschwätzt. Leiden wir unter Verzweiflung?«

Stoffele guckt todtraurig.

»Die einzige Verzweiflung, die mich packt, ist die Verzweiflung darüber, dass keinerlei Verzweiflung unsere Geschichte auf die Höhe der kunstvoll gebrochenen Wirklichkeit dieser Zeit erhebt und so das sprachlose Erzählen als solches in das nächste Jahrtausend hinübergerettet hat.«

»Hä?«

»Sagt die ZEIT.«

Stoffeles Schwanz macht einen Knick.

»Weil ich dich lieb habe, auch wenn du ein Saukater bist, meidet mich jede Verzweiflung. Auch haben wir, wie es die FAZ verlangt, keine neuen Sprachmuster, und da ist kein Aufbruch ins Offene, so weit ich auch schau. Außerdem fehlen ein paar Gedanken von Format. Was Zitierfähiges, das der Verlag in den Klappentext schreiben könnte.«

Stoffele lebt wieder auf. »Augenblick, das haben wir gleich.« Er kneift die Augen zu, sitzt genau drei Minuten und zwölf Sekunden unbeweglich da und gleicht in der Tat jenem ganz besonderen, ganz vergeistigten Ki-Kater aus der berühmten japanischen Geschichte. Dann öffnet er sie wieder: »Wer es weiß, der sagt es. Oder so ähnlich. Hat Laotsekater zu mir gesagt, als wir uns mal hinterm Gartenhäusle tiefsinniglich unterhalten haben. Am besten schreibst du gleich mit.« Dann legt er los: »Die Katz im Haus erspart die Maus. Dem Kater kann geholfen werden. Schnurret, so wird euch aufgetan. Liebe deinen Kater wie dich selbst! Im Schweiße deines Angesichts sollst du deine Brekkies fressen. Der Kater geht umher wie ein brüllender Löwe. Nur die Hunde sind bescheiden, Kater freuen sich der Tat. Gebt dem Kater, was des Katers ist. Wer zuerst kommt, frisst zuerst. Der Kater ist frei geschaffen, ist frei. Nachbarin, Euer Schüsselchen!«

»Stoffele! Wo hast du denn das alles her?«

»Von dem Buchmenschen mit der Hundefrau und dem Pfarrer mit den Ohren und dem Wackelbauch. Lauter gescheite Sachen, alle sehr zitterfähig. Passt doch prima in den Klappertext.«

»Geht nicht. Das gibt's alles schon.«

»Das merkt doch kein Schwein.«

»Vermutlich nicht. Die gebildeten Leserschichten, die es merken würden, schmelzen dahin wie die Eisberge in der Arktis. Aber ich schmücke mich nicht mit fremden Federn. Und mir würde nie so was Großartiges, Erhabenes, Geistreiches einfallen. Nur Lächerliches. Nur Unsinn schreiben meine Finger. Nichts als Unsinn!«

»Hab dich nicht so«, sagt Stoffele. »Freu dich lieber, dass deine Pfoten gescheiter sind als dein Kopf. Geschichten mit viel Sinn drin laufen bestimmt genug herum. So ein Sinn zieht einen nur runter. Mit

Sinn wird die Kuh zu schwer und kommt nie aufs Dach!«

»Siehst du, das hab ich insgeheim befürchtet! Nicht einmal unsere auf Vögeles Dach fliegenden Kühe haben einen Sinn!«

»Drum hocken sie auch so glücklich dort oben.«

»Aber Sachen mit Sinn halten im Allgemeinen länger, und es gibt Garantie drauf. Und man will doch schließlich auch mal was schreiben mit Ewigkeitswert.«

»Quatsch! Das meiste ewige Zeug landet doch auf dem Mist. Hat der Büchermann mal gesagt. Aber so ein richtiger Unsinn ist nicht totzukriegen. Was haben sie in Dingolfing gemacht, das Mann, der Frau, die Bu?«

»Sie haben das Hemd ausgezogen und sind darauf herumgepurzelt.«

»Man kann«, sagt Stoffele, »nicht oft genug rumpurzeln. Gedankenhaftig oder auf einem Hemd oder einem Sessel. Und jetzt Schluss mit dem Gemecker. Du schreibst weiter. Nur noch ein paar kleine Kapitel. Und dieses Zeug da« – er wirft einen verächtlichen Blick auf die weihnachtlichen Literaturbeilagen von FAZ, ZEIT und der SÜDDEUTSCHEN – »schmeißt du in den Papierkorb. Und dann backst du noch mal Springerle. Mit Füßle.«

21. Dezember

Das Schicksal will es: Und wenn ich mich auf den Kopf stelle, ich kriege diesen Krimi einfach nicht los.

Doch: Man soll den Tag nicht vor dem Abend tadeln …

Stoffele überlässt mir die Auspolsterung der restlichen Kapitel, da könne ich alles reinstopfen, was rumliege und noch nicht erledigt sei.

Ich wage es, ihn an die immer noch nicht stattgefundene Befreiung der Käthe zu erinnern.

Er liebe es nicht, gehetzt zu werden, sagt er mit zurückgelegten Ohren. Er verlasse sich da völlig auf sein Ki und werde, während ich der Geschichte den Rest gäbe, Hexle höchstpersönlich die Hausordnung für Katzen erklären.

»Du kannst gleich damit anfangen. Da ist sie schon!«

»Und du schreibst!«, befiehlt Stoffele. »Hexle, folge mir!«

Die beiden ziehen ab. Die Hex voran.

Als er zurückkommt, hat er einen Schlenzer im Ohr. »Sie folgt nicht. Sie macht nichts, was ich will, sondern was sie selber will. Ich hab ihr in aller Deutlichkeit ganz lieb und geduldig gesagt, dass ich sie fürchterlich verdreschen werde, wenn sie nicht spurt.«

»Und sie?«

»Hat sich sehr unfreundlich zu meinem Ohr benommen, das jetzt wahnsinnig wehtut. Glaubst du, das wächst wieder zusammen?«

»Höchstwahrscheinlich nicht. Dann bist du der erste Kater mit drei Ohren. Eigentlich sollte ich es dir ganz abschneiden, aber ich versuch's halt doch noch mal mit Zellerbalsam. Heile, heile, Mausespeck« – ich schmiere die ziemlich übel riechende Salbe auf das verschlenzte Ohr – »in hundert Jahr ist alles weg.« Dann klebe ich ein Pflaster drauf. Stoffele, der eine Schwäche für bunte Pflaster hat und wochenlang damit herumrennt, auch wenn's gar nicht mehr nötig ist, verlangt ein größeres.

»Ich hab ihr lauter wichtige Sachen gesagt, die sie sich zu merken hat. Dass die Katz dem Kater untertan ist. Dass der Kater viel besser weiß, was gut für die Katz ist. Dass die Katz von Glück reden kann, wenn ein Kater ihr sagt, was sie tun soll. Dass Gehorchen was sehr, sehr Schönes ist, und dass ich ganz neidisch auf sie bin, weil sie als Katz einem Kater gehorchen darf und ich nicht. Weißt du, was sie gemacht hat? Gegähnt. Ist einfach weggepennt. So geht's nicht weiter«, sagt er finster entschlossen. »Ich beschwer mich.«

»Frau Steinbeiß weilt aber noch in den Alpen.«

»Beim lieben Gott beschwer ich mich. Der ist an allem schuld. Und den hab ich in unserem Krimi dringelassen! Der kann sich auf was gefasst machen!« Stolz erhobenen Hauptes schreitet mein Kater von dannen.

Obwohl ich mit dem lieben Gott nicht auf vertrautem Fuß stehe – ehrlich gesagt, stehe ich auf überhaupt keinem Fuß mit ihm –, wollte ich schon immer gern wissen, wo er sich aufhält. Also ziehe ich meine Stiefel an und schleiche Stoffele nach. A, B, C, der Kater läuft im Schnee. Fast versäuft er darin. Erst geht's über die Wiese, dann den Buckel hinauf zum Wäldchen, wo die große Fichte steht. Er klettert in eine Astgabel.

»Hallo, lieber Gott, bist du da?«

Er scheint da zu sein.

Und dann höre ich, was Stoffele dem Allmächtigen zu sagen hat: »Ich hab ein ernstes Wörtchen mit dir zu reden. Von Kater zu Gott. Die Schöpfung, die du mal gemacht hast, ist ja gar nicht übel, die meisten Sachen kann man lassen, aber die Katzen sind eine Ka-tas-tro-phe. Was hast du dir nur dabei gedacht in deinem Gotteskopf? Viel kann's nicht gewesen sein. Warum hast du nicht vorher einen Kater gefragt, wie eine Katze sein muss? Jeder Kater hätte dir das ganz genau sagen können.«

Und er betet dem lieben Gott die schon bekannte Hausordnung für Katzen herunter.

»Das wär mal das Wichtigste. Lieber Gott, ich bin sehr unzufrieden mit dir, und alle andern Kater auch. Und ich bin dafür, dass du dich auf deinen Gotteshintern setzt und die Katzen noch mal machst, aber diesmal bitte richtig. Wir verlangen eine katergerechte Katze. Und damit Miau und Halleluja und Amen!«

Stoffele starrt in die Höh.

Ich auch.

Es dauert. Der liebe Gott hat offensichtlich eine Menge zu sagen. Einmal legt mein Kater die Pfote hinters linke Ohr, um besser hören zu können, dann hält er sich mit beiden Pfoten die Ohren zu. Schließlich klettert er vom Baum herunter und trottet mit eingezogenem Schwanz davon.

Ich sitze in meinem Sessel. Stoffele, dem, wie er sagt, gerade nicht denkerisch zumut ist, liegt asketisch auf dem blanken Fußboden. Hexle hockt im Bücherschrank vor dem Glas, das ich mit kleinen bunten Weihnachtskugeln gefüllt habe, und versucht, diese herauszupfoteln.

»Na? Hast du mit dem lieben Gott gesprochen?«

Er hebt kaum den Kopf. »Klar. Für mich ist der immer da. Er hat alles eingesehen und sich bei mir entschuldigt. Bei der nächsten Schöpfung will er die Katzen so machen, wie ich es ihm vorgeschlagen hab. Nicht wie die da.« Schiefer Blick auf Hexle. »Im Augenblick kann er leider gar nix machen, hat er gesagt, nicht mal als lieber Gott, weil es so viele Katzen gibt, die wachsen ihm übern Kopf. Und dass er noch dringend zu tun hätt. Dann war er weg. Typisch lieber Gott. Immer wenn man ihn braucht, hat er gerade keine Zeit.«

»Mephistopheles«, sag ich, »du schwindelst.«

Sein Schwanz peitscht hin und her. »Nicht so laut!« Erneuter giftiger Blick zu Hexle. »Die muss nicht alles mitkriegen.«

»Aber ich hab's mitgekriegt. Ich bin nämlich hinterm Baum gestanden.« Dass ich die Antwort des lieben Gottes nicht gehört habe, brauche ich ihm ja nicht auf die Nase zu binden.

Mein Kater fährt auf, starrt mich wild an, sinkt in sich zusammen. Alles an ihm ist geknickt. Schwanz, Schnurrbart, Ohren, sogar die Stimme.

»Komische Ansichten über Katzen hat der, mit denen man als Kater überhaupt nicht einverstanden sein kann. Und so was ist nun lieber Gott! Meinst du vielleicht auch, eine Katze sollte nicht zu einem Kater hinaufschauen? Und sie soll genauso laut schnurren dürfen? Und sie soll nicht sagen müssen: Ach, du armer Kater? Und sie muss nicht auf leisen Pfoten herumlaufen, wenn der Kater schläft? Und sie muss nicht gehorchen? Und sie darf wirklich schneller klettern als der Kater? Vielleicht sogar noch höher? Und sie muss nicht vom Sessel herunter, wenn der Kater hinauf will? Und sie darf sogar größere Mäuse fangen als er?«

»Sie darf nicht nur, mein Lieber, sie tut's sowieso. Kater sind ja mehr für Dosenmaus.«

»Darf er nicht wenigstens zuerst fressen?«

»Wer zuerst kommt, frisst zuerst.«

»Aber«, fragt er mit fast brechender Stimme, »ist denn nicht mehr alles für den Kater?«

»Bei mir schon noch.« Ich streichle seine geknickten Ohren.

»Er hat gesagt, dass die Katz dem Kater kein bisschen untertan sein muss. Irgendwas haben wir Kater da falsch verstanden. Er schwätzt ja so leise, der liebe Gott. Er nuschelt. Und er hat sich nicht klar ausgedrückt.« Stoffele versinkt in finsteres Brüten.

Die Sonne guckt durchs Fenster. Die kleine Hex rollt sich in diesem Sonnenfleckchen zusammen und schläft ein.

»Vielleicht gibt's doch noch irgendwo eine andere Welt«, sagt Stoffele. »Eine, in der er nix zu sagen hat, wo's einen anderen lieben Gott gibt, weiter hinten in der Milchstraße oder so.«

Ich kenne keine, verspreche aber, Herrn Weinberg zu fragen. Stoffele denkt weiter nach, so sehr, dass seine Schwanzspitze fast glüht.

»Vielleicht«, sagt er hoffnungsvoll, »wird er bald paniert. Wie der Lehrer hier im Dorf, der schafft auch nix mehr. Oder er stirbt mal. Dann wählen wir Kater einen neuen lieben Gott mit mehr Katerverstand.«

»Darauf würde ich nicht hoffen. Der liebe Gott

wird noch lange nicht pensioniert. Der steht noch mitten im Leben.«

Stoffele zieht sich in sich zurück und sagt nichts mehr.

»Willst du ein Kissen? Ist doch kalt auf dem Boden.«

»Nix Kissen. Ich lieg lieber kalt und hart und unbequem. Mach's Fenster auf, damit es zieht. Dann kriegt sie wenigstens auch einen Schnupfen.«

»Nimm's nicht so tragisch«, versuche ich ihn zu trösten.

Er nimmt es tragisch. »Ich geh!«

»Stoffele! Nicht schon wieder! Das artet ja aus!«

»Ich geh zu jemand, der mich versteht. Zu Mozart. Ein bisschen jammern. Der hat's auch furchtbar schwer.« Er schleicht von hinnen.

»Übrigens hat Frau Steinbeiß telefoniert«, rufe ich ihm nach. »Heute Abend kommt sie vorbei und nimmt Hexle wieder mit. Und vergiss die Käthe nicht!«

Frau Steinbeiß sieht gut erholt und braun gebrannt aus. Sie hat ein paar Dosen »Lachshäppchen vom Feinsten« mitgebracht – »für Ihren Stoffele, weil er sich so nett um sie gekümmert hat« –, dann saust Hexle herbei, begrüßt sie stürmisch, lässt sich von mir noch ein bisschen streicheln und springt ins Auto. Die beiden brausen davon.

»Ist sie weg?« Stoffeles Kopf taucht im Fenster auf. Ich lass ihn herein. Er äugt vorsichtig umher.

»Die Hex ist fort und lässt dich grüßen.«

Mein Kater nimmt die Abreise unseres Gastes mit Erleichterung zur Kenntnis. Sein gestörtes Weltbild ist schnell wieder in Ordnung. »Mit dir ist es doch anders«, sagt er, den Kopf an meinem Bein reibend, »du folgst. Weil du weißt, was du an mir hast. Jetzt bin ich wieder Herr im Haus. So muss es sein.«

»Habt ihr schön gejammert, der Mozart und du?«

Seine Augen glänzen. »Sehr ergreifend. Und sehr laut. Und sehr lang. Richtig katerjämmerlich. Immer wenn wir fertig waren, haben wir wieder von vorn angefangen. Tu den Pullover raus, der muffelt nach ihr.«

Er besteigt sein Körbchen erst, nachdem ich den Pullover, auf dem Hexle geschlafen hat, durch meine alte Strickjacke ersetzt habe.

Als ich Frau Vögele die versprochene Christbaumkugel als Ersatz für den verloren gegangenen Bommel bringe, beißt sie gerade in die Orange, die sie unter dem Baum gefunden habe, der auf ihrer Wiese stehe, der aber kein Orangenbaum sei, sondern ein Tannenbaum.

»Keine Ahnung, wie der hierhergekommen ist, die Orange schmeckt so süß und saftig und orangig, von der Edeka stammt die jedenfalls nicht.« Ob ich den Baum haben wolle, fragt sie, als Christbaum.

Ich will. Dann stehen wir noch ein paar Minuten neben ihrem kunstvoll aufgebauten Misthaufen, bewundern den Himmel, und ich sage, mir falle da gerade wieder etwas Stimmungsvolles über Abend- und Nachthimmel ein.

»Nur her damit!«

»›Die goldene wunderschöne Kuppel baut sich auch heute abend über die dunklen abendfrischen Waldhöhen auf‹«, sage ich feierlich, »›und dasselbe Gewimmel der Gestirne folgt, wie gestern, aber fast noch dichter, als sänke der ganze Himmel in einem leisen, dichten Schneeregen nieder …‹«

Frau Vögele findet den Satz irgendwie andächtig. Sie halte mich für recht begabt, und vielleicht werde dichterisch ja doch noch was aus mir. »Manche Leute«, sagt sie, »blühen erst ganz spät.«

Auf dem Heimweg entschuldige ich mich bei Stifter. Mister Hitchcock hat nur einen einzigen Buchstaben geklaut, während ich ganze Sätze als meine eigenen ausgebe und somit, wie mein Dichter sagt, »auf der Leiter der sittlichen Wesen schon ziemlich tief stehe«.

22. Dezember

Stoffeles Schlaf dauert. Als Schläfer, Penner und Nickerchenmacher hängt er jeden ab. Ich vertreibe mir die Zeit damit, am letzten Kapitel, in dem Stoffele den Großen Bär als Täter entlarvt, noch herumzuverbessern und stilistische Unebenheiten zu glätten. Füge mit meines alten Büchmanns Hilfe einige passende Zitate und kluge Bemerkungen ein, die ich nicht Stoffele, sondern mir in den Mund lege. Man will ja nicht ständig als Depp dastehen und den Dr. Watson spielen, während ein schwarz bepelzter Sherlock Holmes mit weißem Schwanztüpfel alle Geheimnisse dank seines Kis enträtselt. Mit der Befreiung der armen unterdrückten Käthe vom Berg Sinai rechne ich schon fast nicht mehr, keine Ahnung, wie mein Kater die noch aus den Pfoten schütteln will. Und wenn nicht, werfen wir noch mehr Ballast ab und verzichten sowohl auf die Heldin als auch auf deren Befreiung. Den Dschungel haben wir ja auch in die Wüste geschickt. Uns genügt der Held. Ob der dem Verlag auch genügt?

Stoffele erwacht, gestärkt an Leib und Seel und wieder ganz der Alte. Es folgt das große Lever, vergleichbar nur dem des Sonnenkönigs, das ich schon aus dem Effeff kenne: ein Strecken und Recken, ein Dehnen und Buckeln, dann die unvermeidliche Katzenwäsche, die so lange dauert, bis jedes Härchen glänzend an der richtigen Stelle liegt.

Ich habe gerade einen hervorragenden Einfall, der mich wirklich gut aussehen lässt, füge ihn, vor mich hinschmunzelnd, noch zwischen zwei Sätzen ein, als Stoffele auf den Schreibtisch springt. Und weil ich nicht will, dass er liest, was ich gerade geschrieben habe, drücke ich schwungvoll auf die Tasten, mit denen ich den Computer gewöhnlich ausschalte, und ignoriere die Botschaft, die kurz auf dem Bildschirm erscheint.

»Warum haust du ihm aufs Maul?«, fragt Stoffele.

»Für heut bin ich fertig.«

»Hol noch mal das Kapitel mit dem Ki, wo ich so gescheite Sachen sage, und lies es mir vor. Ein prima Kapitel, in dem viele Richtigkeiten über Kater drinstehen.«

Ich schalte wieder an.

Stoffele macht einen langen Hals. »Ich seh nix.«

Ich seh auch nix. Mir wird warm ums Herz.

»Ist er wieder mal beleidigt? Oder hin?«

»Nein. Aber die Geschichte ist hin.«

Er starrt mich an.

Mir geht das Herz auf. »Stoffele, die Welt ist wieder schön. Ich meine, alles ist furchtbar. Es kam, wie es kommen musste. Über dieser Geschichte steht ein unglücklicher Stern.«

»Der steht nicht. Der ist doch weg. Aber nicht mehr lang. Hab ich dir doch versprochen.«

»Die Geschichte ist es für immer. Die kommt nie mehr wieder.«

Sein Fell sträubt sich.

»Weil ich sie nicht abgespeichert habe, ich Unglückselige. Das ist nämlich so: Wenn im Wilden Westen einer etwas zu erledigen hat, einen Überfall auf eine Bank, oder er muss jemand dringend um zwölf Uhr mittags über den Haufen schießen, dann hobbelt er seinen Gaul irgendwo an. An einem Geländer oder einer Laterne. Der Gaul kann dann nicht weglaufen und der Reiter nach dem Banküberfall jederzeit von oben kühn auf ihn draufspringen und davonjagen. Den angehobbelten Gaul möchte ich mit einer abgespeicherten Geschichte vergleichen.«

»Unser geschichtlicher Gaul ist weg, weil du ihn nicht gehobbelt hast?«

»Ja. Jetzt ist mir die Sache klar: Ich habe versehentlich auf die talsche Faste gedrückt – es muss die rechte Maustaste gewesen sein, die ist besonders bösartig – und da hat der Schreibkerl gefragt, ob ich die Geschichte speichern oder endgültig löschen will, und ich hab auf ›Löschen‹ gedrückt. Nun ist sie weg. Für immer und ewig. Halleluja. Ich meine, es ist entsetzlich. Der Gaul ist nicht mehr im Computer drin.«

»Wo ist er dann?«

»Der fliegt irgendwo in der Luft herum.«

»Wie dieser Gaul, auf dem die Dichter reiten? Wer sitzt jetzt drauf?«

»Keine Ahnung.«

»Dann löcken wir ihn wieder her und werfen ihm ein Lasso um den Hals.«

»Der lässt sich nicht löcken, der ist froh, dass er frei ist, und wiehert vor Vergnügen.« Ich auch. Aber das sage ich nicht, ich denke es nur. »Stoffele, es fällt mir schwer, es auszusprechen, aber die Geschichte ist mindestens so weg wie dein Stern.«

»Den haben wir bald wieder.«

»Die Geschichte nicht. Gelöschte, sich nur noch im Äther herumtreibende Geschichten kriegt man kaum los. Die Verlage hierzulande setzen doch mehr aufs Grobstoffliche. Da lass ich alle Hoffnung fahren.«

Stoffele nicht. »Du schreibst einfach alles noch mal, und diesmal verhobbelst du den Gaul so, dass er nicht mehr abhauen kann.«

»Mephistopheles! Das krieg ich nicht mehr zusammen. Allein die Sache mit den verschiedenen Täterbären war, wie du selbst gesagt hast, dermaßen verwirrend – nein! Das Lied ist aus, wir gehn nach Haus.«

Er sagt nichts.

Schweigt.

Das Schweigen des Katers.

Es ist schlimm.

Ungemein schlimm.

Es ist das Schlimmste, was ich auf diesem Gebiet je hören musste. Denn sein Schweigen ist ohrenbetäubend.

Er hebt den Blick. Der Katerheit ganzer Jammer sieht mich an. So viel Jammer, dass ich es nicht ertrage.

Ich hebe die Hand, will ihn streicheln.

Er duckt sich weg. Will nicht gestreichelt werden. Nicht von mir. Pfote weg, Mensch! Ich leide!, sagt sein Blick. Und du bist dran schuld.

Schweigen.

»Immer wenn du glaubst, es geht nicht mehr, kommt von irgendwo ein Lichtlein her!«, sage ich nach einer Weile.

»Hä?«

»Das haben wir uns früher immer ins Album geschrieben.«

Er findet den Spruch blöd. Ich auch.

Schweigen.

»Mein lieber Stoffele –«

»Für dich Mephistopheles!«

»Mein lieber Mephistopheles –«

»Mephistopheles ohne ›lieber‹!«

»Nun sei doch nicht so –«

»Doch. Ich bin.« Er legt den Kopf auf die Pfoten.

»Das ist der Untergang vom Abendland«, sagt er mit Grabesstimme. Die Schnurrbarthaare zittern, der weiße Schwanztüpfel trübt ein. »Also nix mit Krimi?«

»Nix mit Krimi.«

»Nix mit Ruhm?«

»Für mich bist du auch so berühmt. Ich sing dein Loblied ja überall. Weißt du, was in der Bibel steht?«

»Ich weiß, was nicht drin steht: Kater. Das reicht!«

»Da steht: ›Tu das Gute und wirf es ins Meer.‹ Das gute Werk, das du getan hast. Wie stünde der Große Kater ohne dich am Himmel? Und mit Weihnachten wär's auch vorbei.«

»Aber wenn ich das gute Werk ins Meer schmeiß, wird es nass. Und wir haben hier in Oberweschnegg auch kein Meer, oder?«

»Nein, haben wir nicht.«

»Moment, ich grüble.« Er legt den Kopf auf die Pfoten. Nach beendetem Gegrübel: »Dann schmeiß ich es halt in den Schluchsee.« Blick zu Goethe im Bücherregal. »Hat der auch ein Werk getan?«

»Eins? Dort steht eine Gesamtausgabe seines Werks. Dünndruck. Sehr teuer.«

»Ist das auch gut?«

»Ja, das sagt man ihm nach.«

»Und wohin hat Goethekater sein gutes Werk geschmissen?«

»Das mit dem Inswasserschmeißen ist nicht wörtlich gemeint, Mephistopheles. Es bedeutet, man soll das Gute tun, ohne groß darüber zu reden und sich selber einen Lorbeerkranz auf den Kopf zu setzen.«

»Goethekater hat aber einen.«

»Den hat ihm die dankbare Nachwelt aufgesetzt.«

Stoffele geht in sich. Grübelt. Kämpft mit sich. Dann: »Was passiert jetzt mit der weggen Geschichte?«

»Vielleicht schnappen sich die Vögel die Wörter im Flug, zerfetzen sie, und die Buchstaben werden über Land und Meer verstreut. Oder die Wolken tragen sie mit sich und regnen sie irgendwo wieder herab. Oder die Winde verwehen sie oder wehen sie jemandem zu, und dieser Jemand fängt an zu singen: ›Der Wind hat mir ein Lied erzählt …‹«

»Ich wüsst gern, wohin der Wind unsere Geschichte weht.«

»Die Welt ist weit«, sage ich dankbar.

Stoffele kriegt ein Glitzern in die Augen. »Ich hab's! Der Wind weht die Geschichte auf den Berg Sinai, wo der Schneider Kikeriki wohnt, mit seiner Frau, der Trudel, die saß auf dem Balkon und –«

»Käthe«, sage ich. »Weil sie doch nähte. Die wird weiternähen müssen, weil du sie jetzt nicht mehr von ihrem Joch befreien kannst.«

»Und wie die befreit wird! Wenn der Wind ihr die Geschichte um die Nase geweht hat, schmeißt sie die Nadel weg und schreibt sie auf.«

»Ja, das wär ihre große Chance.«

»Wenn's nun aber eine Trudel gewesen wär, was hätt sie dann gemacht?«

»Dann«, sage ich, »hätte sie nicht genäht. Auf dem Berge Sinai wohnt der Schneider Kikeriki. Seine Frau, die Trudel, kocht ihm Soß und Nudel.«

»Hat die ein Glück«, sagt Stoffele, »dass sie Käthe heißt. Denn als Trudel kann sie ja ihre Nudeln nicht auf dem Balkon kochen, sondern nur drinnen, und dann weht der Wind die Wörter vorbei und woanders hin, und sie muss weiternähen und unbefreit schuften für diesen Schneidergockel. Hat sie auch einen Schreibkerl, so einen Puter, die Käthe?«

»Auf dem Berge Sinai schreibt man nicht mit dem Computer. Man schreibt auf steinerne Tafeln, da können die Wörter nicht mehr abhauen und halten auch länger.«

»Hat da nicht schon mal einer was auf steinerne Tafeln – das weiß ich von meinem alten Pfarrer. Moritz hat er geheißen.«

»Ich bin für Moses.«

»Dann war's halt der Moseskater. Der Pfarrer hat mir mal ein Bild gezeigt, auf dem man gut seine Katerohren sehen konnte.«

»Mephistopheles!«

»Guck doch nach!«

Ich schaue in meiner Kunstgeschichte nach. Stoffele hat recht. Alle besseren Bilder, auch die berühmte Statue Michelangelos, zeigen einen spitzohrigen Moses, was mir bisher nicht aufgefallen ist. Man wird das Alte Testament wohl umschreiben müssen. Die Folgen der Entdeckung vom Katertum des Moses sind für die biblische Exegese kaum auszudenken.

»Die Käthe darf unsere Geschichte behalten«, entscheidet Stoffele. »Das ist am besten für alle, und ich muss nicht immer hinter ihr herrennen wie bei dir. Wenn sie alles aufgeschrieben hat auf ihre Tafeln, schickt sie die an den Verlag und wird berühmt und muss keine Hemden mehr nähen, die sie ihrem Schneider nun um die Ohren haut, was ihm ganz recht geschieht, aber nur, weil sie nicht Trudel, sondern Käthe heißt, was ein Glück für sie ist, und weil mir gerade einfällt, dass der Berg Sinai irgendwo im Morgenland liegt, und wenn das Abendland untergegangen wär, dann wär auch die Geschichte abgesoffen, an der du so rumgemurkst hast und die jetzt auf dem Rücken von so einem ungehobbelten Gaul mit getrockneten Hufen auf dem Berge Sinai ankommt, und so wird die Welt vielleicht doch noch in Tausenden von Jahren in einer nicht abgesoffenen Geschichte vom geheimnisvollen, zutiefst rätselhaften Verschwinden vom hochheiligen Weihnachtsstern am Ende vom Schwanz vom Großen Himmelskater am Sternhimmel über Oberweschnegg, der Heimat des Katers Mephistopheles, lesen können, das ist der mit dem weißen Tüpfel hinten, der den Fall aufgeklärt hat. Mit seinem Ki. Warum grinst du?«

»Ich verstell mich nur«, sage ich. »Frag mich nicht,

wie's drinnen aussieht – wenn ich auch niemanden wüsste, dem ich unsere Geschichte mehr gönnen würde als der Käthe. Nun hab ich leider wieder genug Muße, Sonne und Mond beim Scheinen und den Wolken beim Regnen zuzuschauen. Aber die Aussicht – obwohl der Krimi nun in den Händen unserer lieben Käthe liegt –, bald den wiederhergestellten Schwanz des Großen Katers bewundern zu können, tröstet mich ein bisschen darüber hinweg. Was könnte dich trösten, Mephistopheles?«

»Hackbällchen. Du darfst wieder Stoffele zu mir sagen.«

»Vielen Dank, Stoffele!«

»Mit ›lieber‹.«

»Vielen Dank, lieber Stoffele!«

»Und mit ›mein‹.«

»Vielen Dank, mein lieber Stoffele. Wann ist der Schwanz wieder ganz?«

»Übermorgen«, sagt mein Kater. »Heißa, dann ist Weihnachtstag!«

»Da freu ich mich aber. Und jetzt back ich Linzertorte.«

Er werde zugucken, verkündet mein neu belebter Kater und geht erhobenen Schwanzes mir voraus in die Küche.

Und nun – wir haben ja Zeit – einiges Grundsätzliche zu Linzertorten.

Ohne Linzertorte kein Weihnachten. Manchmal backe ich zwei Torten schon im Herbst und lagere sie dann, damit sie schön mürb werden. Sie werden aber nie ganz mürb, weil ich sie schon vorher aufesse, im Zustand der Halbmürbheit, in dem sie auch wunderbar schmecken. Ich kriege dann auffallend oft Besuch. Eine anständige Linzertorte wurde, als ich klein war, meist mit Dreifruchtmarmelade gebacken, bestehend aus Johannisbeeren, Himbeeren und Sauerkirschen. Der Teig musste würzig sein. Der aufregende Duft von Zimt und Nelken zog durchs Haus, unsere Mutter war unleidig, weil wir uns immer wieder in die Küche schlichen, um den Teig zu probieren. Lagen die Torten in der Form, rädelten wir mit Omas Teigrädchen, das ich auch gern geerbt hätte, aber nicht bekommen habe, Teigstreifen aus, mit denen die Marmeladenfüllung vergittert wurde. Natürlich sagte bei uns niemand »Marmelade«, bei uns im Badischen sagt man »Mus«. Wo sich die Gitter kreuzten, wurde noch mit Eiweiß ein Teigkügelchen aufgeklebt. Holte man den Kuchen dann aus dem Ofen, köchelte und blubberte das Mus noch ein wenig und warf kleine Blasen auf. Am Ende eines solch aufregenden Tages standen dann vier oder fünf Linzertorten zum Auskühlen auf dem Buffet: schön anzuschauende, köstlich riechende Wunderwerke, einfach »saugut«, wie man bei uns sagt. Mit weißen Tüchern zugedeckt, wurden die Kuchen auf dem Schrank im Schlafzimmer der Eltern unseren Riech- und gelegentlichen Knabberproben bis Weihnachten entzogen.

Eine Linzertorte, die auf sich hält, hat keinen dicken, trockenen, bröseligen Boden, dessen Krümel einem dauernd in die Luftröhre kommen; und sie muss saftig sein, die Musschicht bloß nicht zu dünn. Meine erfüllen diese hohen Anforderungen. Die meisten Linzertorten, die ich persönlich kennengelernt habe, tun das nicht. Und Linzertorten sind beleidigt, wenn man sie mit s schreibt, wie immer häufiger zu lesen ist, sogar in meiner Bäckerei unten in Waldshut. Aber von der weiß ich, dass sie bröselt.

Während ich diesen Kindheitserinnerungen nachhänge, entstehen meine Linzertorten. Jetzt sind sie im Backofen und blubbern aufgeregt ihrer Vollendung entgegen.

Manchmal geschehen erstaunliche Dinge. Warum sie geschehen, weiß keiner, aber sie geschehen, vielleicht ohne Grund, einfach, weil es ihnen so gefällt, was nun auch mir gefällt, liebe ich doch grundlose Geschehnisse. Sie drehen der Berechenbarkeit unserer Welt eine Nase.

In den »Heute«-Spätnachrichten guckt der Sprecher anders als gewohnt aus dem Fernseher. Statt, wie sonst im Advent, die Bilanz des Weihnachtsgeschäfts zu verkünden, die Käufer für ihre Kauflust – oder Unlust – zu loben oder zu tadeln, räuspert er sich, nestelt an der Krawatte, vergisst Bilanz, Geschäft und Umsatz, sagt mit leiser, froh bewegter Stimme etwas von verlassen stehenden Straßen und Märkten, von still erleuchteten Häusern, die so festlich aussähen. Dass er am liebsten aus dem neu gestalteten ungemütlichen Studio wanderte, bei dem man nicht wisse, was oben und unten sei, und in dem er sich ganz gottverlassen fühle, bis hinaus ins freie Feld, um dort stehen zu bleiben und in den nächtlichen Himmel zu blicken. Andächtig spricht er:

Hehres Glänzen, heilges Schauern!
Wie so weit und still die Welt.
Sterne hoch die Kreise schlingen,
Aus des Schnees Einsamkeit
Steigt's wie wunderbares Singen:
O du gnadenreiche Zeit!

Nachdem er seinen Worten noch etwas nachgelauscht hat, blickt er verwirrt auf, schüttelt den Kopf, räuspert sich abermals, sagt etwas von einer mentalen Störung, die er zu entschuldigen bitte, und rattert seine Nachrichten herunter.

Alle schwarzen Kater sind weg. Nur noch ein paar Krümel zeugen von einem schrecklichen Kampf. Wie bei meinen seligen Gummibärle.

»Stoffele! War der Bär wieder los?«

Er schleckt sich die Schnauze. »Von wegen Bär! Katzengel!«

»Der hat unsere Kater …? Das ist nicht engelhaft von ihm. Aber der Kerl kann doch nicht alle vernascht haben.«

Stoffele, sich den Bart schleckend, mutmaßt, es könnten ja ein paar von den Kerlen gewesen sein, und murmelt etwas von einer wundersamen Katzengelvermehrung.

23. Dezember

»Mach auf!« Stoffele hockt auf dem Tisch und wartet ungeduldig, dass ich mich als Türchenöffner betätige.

Jawohl, ich habe einen Adventskalender. Als wir Kinder waren, gab es immer einen, je bunter, glitzeriger, kitschiger, desto herrlicher. Dann wurde ich erwachsen und vernünftig und belächelte diese Sitte; aber nun, da die schöne Unvernunft sich erneut in mein Leben eingeschlichen hat, hängt wieder so ein Ding über der Eckbank in der Küche. Was vor allem Stoffele freut, denn der Adventskalender ist »für die Katz«.

»Für den Kater!«, sagt Stoffele.

Unser Adventskalender hat natürlich 24 Türchen oder Fensterchen, drunter tut er's nicht, hinter jedem steckt eine Katze, die Stoffele als sein persönliches Eigentum betrachtet. Zweiundzwanzig Katzen bisher. Ein ganzer Harem, vor dem er abends hockt und von den Taten eines »besonderen schwarzen Helden« erzählt.

Ich öffne Fenster Nummer 23.

Stoffele macht einen langen Hals, erstarrt, fährt zurück und faucht. Die Schwanzhaare richten sich auf zu einer Bürste. Er springt in Panik vom Tisch und rennt aus dem Zimmer.

Als ich Nummer 23 genauer betrachte, guckt mir die kleine Hex entgegen. Da hockt sie voll Anmut, beide Pfoten, in verrutschten Socken steckend, ordentlich nebeneinandergestellt, den runden Kopf mit den spitzen Ohren leicht geneigt, mit äußerst keckem Blick. Ich hör sie deutlich schnurren.

»Wenn der tiefe weiße makellose Schnee die Gefilde weithin bedecket, und an heiteren Tagen die Sonne ihn mit Glanz überhüllet, daß er allwärts funkelt, wenn die Bäume des Gartens die weißen Zweige zu dem blauen Himmel strecken, und wenn die Bäume des Waldes, die edlen Tannen, ihre Fächer mit Schnee belastet tragen, als hätte das Christkindlein schon lauter Christbäume gesetzt, die in Zucker und Edelsteinen flimmern, so schlägt das Gemüt der Feier entgegen, die da kommen soll.«

So Stifter.

Der würde sich wundern über den Christbaum von heute. Ich kenne nicht wenig Leute, die ersetzen den spießbürgerlich-konservativen Christbaum durch einen säkularisierten Tannenstrauß, weil der nicht so viel Dreck macht. Oder der Baum wird verbannt auf den Balkon oder in den Garten und geht auf Kommando an und aus, oder er blinkt dauernd hektisch, was meinem nie einfallen würde. Manche erfreuen sich an einem zusammenklappbaren, giftiggrünen, nie nadelnden Plastikbaum. So hat halt jeder den Christbaum, den er verdient.

Zuerst schleppe ich den Tannenbaum, den Herr Vögele vor die Haustür gestellt hat, ins Zimmer. Dann lege ich die Flügeldecke auf den Boden. Sie ist moosgrün, aus reinem Leinen gewebt und mit schönen Jugendstilranken bestickt, wie es damals bei Flügeldecken üblich war. Die Decke lag auf dem Flügel in meinem Elternhaus, auf dem ich den »Flohwalzer« gespielt hab, den »Fröhlichen Landmann«, »An Elise« und an Weihnachten mit viel Pedal alle Weihnachtslieder, die weniger als zwei Kreuze oder zwei B haben.

Meine Bäume fangen nämlich aus purer unchristlicher Bosheit gern früh an zu nadeln, und wenn keine Decke darunterliegt, muss ich die Nadeln aus dem Teppich pulen, weil der Staubsauger immer gleich an Verstopfung leidet.

Den Ständer finde ich erst nach langem Suchen auf dem Speicher, hinterm Fahrrad, schleppe ihn hinunter, stell ihn auf die Decke und merke, der Baum hat einen zu dicken Fuß. Mit dem Tiefffrostsägemesser verschlanke ich diesen so sehr, dass er nun zu dünn ist, weshalb ich die abgehauenen Holzspäne seitlich wieder in die Haltevorrichtung stecke, damit er nicht wackelt.

Kaum steh ich auf der Leiter, um die Spitze oben am Deckenbalken anzunageln, klingelt es. Frau Zottel bittet mich, ihr beim Aufstellen des Christbaums zu helfen. Sie sei nicht schwindelfrei, ihr Mann erst recht nicht; auch habe sie ihn fortgeschickt, Tannenzapfen sammeln zum Anfeuern; er stehe ihr nur im Weg herum und nerve sie mit seinen zutiefst männlichen Ratschlägen so sehr, dass sie sich frage, was der liebe Gott sich eigentlich bei der Erschaffung des Mannes gedacht habe.

Zuerst hält sie meine Leiter, damit ich meine Spitze festnageln kann; ich befestige ein Seil in der Mitte des Baumes und verankere es an den beiden Wandleuchten. Der Baum wackelt nur maßvoll. Dann gehen wir zu ihr hinüber, sie hält wieder die Leiter, und ich befestige ihre Baumspitze. Stoffele ist natürlich mitgekommen, achtet streng darauf, dass wir alles richtig machen, und schleckt Zottels Schüsselchen leer, der – meine Küchentür steht offen, weil die Linsensuppe vorhin angebrannt ist und der Geruch hinaus muss – vermutlich mit Stoffeles Schüsselchen gerade dasselbe tut. Schließlich steht auch ihr Baum, und zwar gerader als der meine, hat sie doch einen fortschrittlicheren, teureren Christbaumständer, in den jeder dicke oder dünne Stamm hineinpasst. Der ist, im Gegensatz zu meinem, unerschütterbar.

Hinterher probieren wir Frau Zottels Himbeerschnitten, die ich wohlgeraten finde, fast so wohl wie die meinen. Meine Himbeerschnitten sind leicht bedudelt, ich pflege sie nämlich mit Himbeergeist zu taufen, und das nicht zu knapp.

Ihre Lebkuchen sind ordentlich.

»Haben Sie schon gebügelt?«, fragt Frau Zottel.

»Hab ich nicht. Wieso?«

»Ja, hängen Sie ihr Lametta ungebügelt an den Baum?«

»Wenn ich es hängen täte«, sage ich, »wär ich so frei, es ungebügelt zu hängen. Aber mein Baum bleibt diesmal lamettafrei.«

Abends richte ich den Baum her. Einen Christbaum so schmücken, dass er eine Augenweide ist, vermag nicht jeder. Es verlangt künstlerisches Einfühlungsvermögen, eine kühne, schöpferische Fantasie, und man muss einen Sinn haben für Tradition. Den teile ich mit Herrn Stifter, der so liebevolle Worte gefunden hat für seinen Christbaum: »Da steht er nun, der sonst nichts als grün gewesen ist. Jetzt sind unzählige flimmernde Lichter auf ihm, und bunte Bänder, und Gold und unbekannte Kostbarkeiten hängen von ihm nieder... wunderbare goldene Nüsse und goldene Pflaumen und Äpfel und Birnen und Backwerk und anderes Liebes, vielleicht ein hölzerner schön bemalter Kuckuck, oder ein Trompetchen...«

Mein Christbaumschmuck ist altehrwürdig. Einige Teile stammen noch aus meiner Kinderzeit, und ich musste auch hier hart mit meiner Schwester kämpfen, die wie ein Drache auf dem Schatz saß, bis wir alles einigermaßen redlich geteilt hatten. Denn sie behauptete stur, die türkisfarbene große Kugel gehöre an ihren Baum, während ich ganz sicher wusste, dass sie mir versprochen worden war. Auch ist diese Kugel bekleckert von Wachstropfen, die aber gehören dazu und adeln sie besonders, sind es doch Spuren vieler unvergesslicher Weihnachten, die man nie entfernen durfte, was ja die Kugel ruiniert hätte. Die Kugel wurde, um auch das noch zu sagen, von unserem Vater stets so am Baum platziert, dass man sie sehen konnte, spähte man durchs Schlüsselloch ins Weihnachtszimmer.

Ihr Anblick verschaffte uns Kindern immer dieses wundersame, erregende Weihnachtsprickeln, das man beim Anblick keiner anderen Kugel verspürte. Wenn sie kaputt ginge, wäre sie nicht zu ersetzen, denn heute ist dieses einzigartige, märchenhafte Türkisblau nicht mehr in Mode. Ich überließ meiner habgierigen Schwester schließlich schweren Herzens die herrliche Kugel, aber erst, nachdem sie versprochen hatte, mir diese testamentarisch zu vermachen – sie ist zwei Jahre jünger! –, und riss dafür die silberblauen Faltsterne an mich, von denen aber auch nur noch acht übrig sind. Nein, sieben, denn Stoffele hat soeben den achten zerlegt.

Ich schmücke den Baum mit roten Kugeln: unten die großen, in der Mitte die kleineren, oben die ganz kleinen. Dann kommen die Vögel. Die hab ich aus goldener, roter, blauer und silberner Folie selbst gemacht. Sie sind auf das Fantasievollste geflügelt und geschwänzt, herrliche Paradiesvögel, und man könnte sie an einem Faden aufhängen, wäre dieser Faden nicht längst gerissen. Ich setze sie einfach auf die Zweige, die am meisten gefledderten verstecken sich verschämt tief im Tannengrün, wo sie geheimnisvoll und märchenhaft schimmern. Weil ich finde, da fehle noch etwas, hänge ich kleine Holzäpfel an den Baum; da immer noch etwas fehlt, kommen noch etliche Strohengel dazu, zwei davon nur noch halbgeflügelt, dann noch der etwas kitschige angeberische Glitzerpfau, keine Ahnung, woher der stammt, der muss sich eingeschlichen haben, dann mit Goldfarbe besprühte getrocknete Disteln aus meinem Garten, dann probeweise halt doch rotes Lametta, das ich aber wieder abhänge, weil es etwas ordinär wirkt.

»Irgendwas fehlt immer noch«, sage ich zu meinem Kater, der wie eine Glucke mitten auf dem Tisch in einem zusammengescharrten Nest aus roten Lamettafäden sitzt.

»Mein Pfarrer hat immer Kerzen draufgesteckt.«

Um das zu tun, muss ich aber erst die Kerzenhalter in einen Topf voll heißem Wasser legen, weil ich, wie jedes Jahr, vergessen habe, die Wachsspuren von ihnen zu entfernen. Ich verwende dafür immer den gleichen Topf, es ist die alte gusseiserne Kasserolle, in der meine Oma ihren unvergesslichen Sauerbraten zuzubereiten pflegte, ein Veteran mit nur noch einem Henkel.

Ich stecke Bienenwachskerzen in die Halter – die sind zwar teuer, doch das bin ich mir wert – und befestige sie außen an den Zweigen.

»Noch nix auf der Spitz«, sagt Stoffele.

Ich schlage vor: den neunzackigen Strohstern, einen goldenen Schlupf, eine silberne Spitze, einen Stern mit Kometenschweif –

Stoffele will einen Katzengel.

»Auf dem Christbaum? Findest du das passend? Nachdem der unsere schwarzen Kater gefressen hat?«

Stoffele findet den Katzengel ungemein passend, außerdem kriege der bei sich daheim ja nichts Anständiges, nur Manna und solches Zeug.

Und so zeichne ich nach seinen Angaben diesen Engel auf dicke Goldfolie, den, wie schon gesagt, der heilige Thomas von Aquin verschweigt.

»Hat er nun Füße oder hat er keine?«

»Sag ich nicht. Ich hab's ihm versprochen. Das braucht kein Mensch zu wissen, hat er gesagt. Weil es ein himmlisches Geheimnis ist. Wenn er es verrät, kriegt er saumäßig Ärger.«

Da ich dem Katzengel keinen saumäßigen Ärger machen will, wird das Engelsgewand so lang, dass nicht zu sehen ist, ob er Füße hat oder vielleicht Rollen oder Krallen wie ein Vogel oder gar nichts. Dann geht's an die Flügel, von denen Stoffele behauptet, der Katzengel habe drei Stück. Zwei lange an den Schultern und einen kleinen am Hintern. Wozu der am Hintern einen Flügel brauche, sagt er mir aber auch nicht, es muss wohl mit dem Antrieb zu tun haben. Ich zeichne also die beiden Schulterflügel und den kleinen für den Hintern extra, diesen schneide ich aus.

»Mach ihn noch mal«, verlangt Stoffele. »Sein Arschflügel –«

»Mephistopheles!«

»Sein kleiner Hinternflügel ist nämlich ein bisschen verdätscht. Weil ein anderer Engel ihn getreten hat.«

»Ohne Fuß?«

»Du weißt ja nicht«, sagt Stoffele, »wozu so ein Engel imstand ist.«

Ich verpasse dem Engel also einen leicht verdätschten hinteren Flügel.

»Jetzt den Kopf! Der ist obendrauf.«

Ich versorge den Kopf mit Augen, Nase, Mund und vergesse auch die Ohren nicht. Um die Ohren herum lasse ich zärtliche Botticelli-Ringellocken fließen.

Stoffele missbilligt Botticelli. »Der Katzengel hat einen anständigen Kopf. Einen wie ich. Einen Katerkopf. Drum heißt er auch so.«

Ich entschuldige mich, fange noch mal von vorne an und verpasse Engel Nummer drei einen prachtvollen dicken Katerkopf, einen richtigen Möckel mit Gluhaugen und Schnurrbarthaaren.

»Mach den Schnurrbart kleiner!«, verlangt Stoffele. »Sonst gibt der nur damit an. Das geht nicht, dass dem seiner größer ist als meiner.«

Ich entwerfe Engel Nummer vier. Katerkopf, mäßiger Schnurrbart, spitze Ohren –

»Seine Ohren«, sagt Stoffele, »sehen mehr aus wie Lappen. Mach ihm Ohrlappen.«

Und also kriegt der Katzengel hübsche kleine runde Ohrlappen.

»Kann man lassen. Jetzt ausschneiden.«

Ich schneide den Katzengel aus und klebe den kleinen Flügel an die Stelle, wo ich den Hintern vermute, von dem ich nicht weiß, ob der Katzengel ihn überhaupt hat.

»Und jetzt muss er hinauf«, befiehlt mein Kater.

Da unser Katzengel sich weigert, selbst hinaufzufliegen, steige ich auf die Leiter und befestige ihn mit einer Wäscheklammer an der Christbaumspitze.

»So was hat auch nicht jeder«, sage ich begeistert. »Einen dreigeflügelten Katzengel auf dem Christbaum! Stoffele, das war eine großartige Idee von dir.«

Stoffeles Haltung ist zu entnehmen, er habe immer großartige Ideen. Katerideen eben.

»Morgen bauen wir die Krippe auf. Was ich noch sagen will, mein Lieber: Die Linzertorten sind oben ohne. Die haben keine Teigkügelchen mehr auf dem Gitter. Wo sind die geblieben?«

Aber Stoffele hat sich unterm Christbaum verkrochen und ist schon in einen tiefen, erholsamen Schlaf gefallen. Ich tu es ihm nach. Vor dem Einschlafen lese ich wieder einen dieser wunderbaren Sätze von Herrn Stifter, die man so gut leise vor sich hinsagen kann, und die ich mir nun wieder öfter gönnen werde: »Einen alten Mann, wie ein Schemen, sah man noch öfters durch den Wald gehen, aber kein Mensch kann eine Zeit sagen, wo er noch ging, und eine, wo er nicht mehr ging.«

Ich spaziere noch ein bisschen im Nebel herum zwischen Wachen und Schlafen, aber ich kann nicht sagen, wann ich noch wach war und wann ich nicht mehr wach war.

Doch weiß ich noch, dass irgendwann ein Reigen selig schnurrender Katzengel vor meinem Fenster vorbeischwebte …

24. Dezember

Am Heiligen Morgen:

»Heißa, heut ist Weihnachtstag, Stoffele. Du weißt, was du versprochen hast?«

»Klar. Wenn's dunkel ist. Jetzt holen wir das heilige Zeug.« Er rennt mir voraus auf die Bühne, wo das Krippenpersonal das ganze Jahr über in einer Kiste mit der Aufschrift »Weihnachtskruscht« geruht hat. Nun wird alles unterm Christbaum aufgebaut. Ich hab die Figuren selber aus Ton gemacht. Freunde, die mich an Weihnachten besuchen, fragen mich schon mal, ob ich aus dem Alter nicht allmählich heraus sei.

Ich aber stehe in bekennender Unfrömmigkeit zum Heiligen Paar, zu Ochs und Esel, Engel, Hirten und Schafen. Es gibt Leute, die haben ihre alten Krippenfiguren eingemottet oder verschenkt; auf dem Trödelmarkt in Höchenschwand, wo ich meinen Goethe herhabe, kann man etliche finden, ganz verloren dreinschauend.

In meiner Krippe herrscht Hochbetrieb.

»Lass das, Mephistopheles!«

»Die brauchen ein bisschen Bewegung. Wegen der

Steifigkeit.« Stoffele scheucht ein paar Strohengel durch die Gegend.

Am Anfang hatte ich nur das Hohe Paar samt Kind und Krippe. Dann folgten Ochs und Esel. Als ich klein war, hielt ich diese beiden für die wichtigsten Krippenfiguren.

»Da sind aber zwei Ochsen«, stellt Stoffele fest.

»Weil der Ochs verschüttgegangen ist, hab ich einen zweiten Ochsen gemacht. Dann ist der erste wieder aufgetaucht, ganz hinten im Kleiderschrank unter dem Norwegerpullover, und ich hab's nicht übers Herz gebracht, ihn auszuschließen. Drum stehen jetzt zwei neben der Krippe. Ochs eins heißt Peter, Ochs zwei Paul.«

»Die stehen nicht, die liegen bloß rum.«

»Aus gutem Grund.« Wer mal versucht hat, aus Ton einen stehenden Ochsen zu machen – der Kerl hat vier dünne Beine –, weiß, warum ich zu meinen beiden das Gleiche gesagt habe wie der großmächtige Engel in der großmächtigen Weihnachtsgeschichte von Carl Orff auf Altbayrisch zu den Hirten: »Kniaglt's euch nieder!«

Stoffele stupst den etwas größeren an. »Peterochs hat nur ein Horn.«

»Das andere ist verloren gegangen.«

»Vielleicht hat er mit Paulochs gestritten, und sie haben mit den Hörnern Stutzbock gemacht, und dann war das Horn von Peterochs kaputt.«

»Das Leben ist nun mal so, dass man an seinem Ende nicht mehr so ganz ankommt, wie man es begonnen hat. Egal ob Mensch oder Ochs. Meine Krippenfiguren und ich, wir altern in Würde.«

»Es sind auch zwei Esel«, stellt Stoffele fest.

»Der aus Holz stammt aus Bethlehem.«

Dort war ich nämlich vor Jahren. Bethlehem ist voll von Straßenhändlern, denen man nicht entkommen kann. Sie bieten ganze Krippenbesatzungen an aus schön gemasertem Olivenholz. Bleib standhaft, hab ich zu mir gesagt, diese Figuren passen nicht zu deinen, ein Stilbruch kommt nicht infrage. Und dann hab ich den Stil gebrochen und einen kleinen Esel gekauft, weil der mich so tiefschürfend angeguckt hat und so mühselig beladen war mit einem rechts und links vom Rücken herunterhängenden Sack, ganz wie der Esel in der Weihnachtsgeschichte von Waggerl, der Disteln gefressen hat.

Die beiden Esel lieben sich inniglich.

Stoffele spitzt die Ohren. »Der große sagt gerade zum kleinen, er sei ein blöder Esel. Und der kleine sagt, besser klein und oho! als groß und mit abbem Horn.«

Auch meine Schafe sind aus Ton. Ich will nicht angeben, aber ich halte mich für eine Schafexpertin. Kopf und Körper formt man aus Kugeln und Kügelchen, Fell, Augen und Maul werden mit etwas Spitzem in den Ton geritzt, dann setzt man die Ohren ein.

Beine braucht das Krippenschaf nicht. Zuerst hab ich Einzelschafe gemacht: lächelnde, dummblickende, gescheitblickende, frommblickende, besinnlich dreinschauende Schafe. Dann ging, wenn ich mal so sagen darf, das Schaf mit mir durch, und ich wütete in einer wahren Schaforgie. Schafe kann man ja nie genug haben. Es entstanden Paare, Familien, Sippen, miteinander schmusend, dösend oder schlafend. Auch achtete ich sehr auf unterschiedliche Kopfhaltung und Ohrenstellung; es sieht ja blöd aus, wenn alle die Ohren hängen lassen, wozu auch gar kein Grund besteht, wie der vom Glanz des Herrn umleuchtete große Engel ihnen erzählt. Ohren sind übrigens empfindliche Dinger, die gern abbrechen, wenn man die Schafe nicht behutsam behandelt. Weshalb etliche Schafe entohrt sind.

Insgesamt hab ich 147 Schafe und drei schön gehörnte Schafböcke, was mir erst mal einer nachmachen soll.

Meine Schwester hat übrigens 154 Schafe. Ich hab sie für sie gemacht, als meine Seele mal ganz tief in einem Loch versunken war. Ich suchte aber keinen Psychotherapeuten auf, wie man mir riet, ich kaufte einen Batzen Ton und machte Schafe, denn mir war im Traum ein Schaf erschienen, das hatte mich traurig angesehen. Da war mir klar geworden, dass ich im Grunde immer an Schaflosigkeit gelitten hatte. Das Machen von Schafen half mir, aus dem Loch wieder herauszukommen. Wenn also jemand sich nicht wohl fühlt, mit trüben

Augen lustlos herumhängt, wenn seine Seele in keinem guten Zustand ist, wäre es durchaus möglich, dass ihm einfach nur Schafe fehlen. Diesem Menschen kann geholfen werden. Er muss nur möglichst viele Schafe machen und dabei sehr auf die Ohren achten. Es hilft! Ich vermute, weil Schafe ja eher friedfertige, ruhige Geschöpfe sind, und weil etwas von dieser Bählammigkeit sich auf den überträgt, der die Schafe macht. »Pfoten weg vom Engel, Mephistopheles!«

Der große Hallelujaengel ist mein Glanzstück. Majestätisch steht er da, mit bis zum Boden reichenden Flügeln und hoch erhobenen Händen. In sein Gewand hab ich Pünktchen und Sterne geritzt und ihm ein hoheitsvolles, überirdisch edles Angesicht verpasst. Das heißt, ich wollte ihm eins verpassen, aber ich hab das Edle nicht so hingekriegt, Edles liegt mir halt weniger, weshalb der Engel etwas dümmlich, aber von Herzen dümmlich guckt. Mir ist er schön genug. Oder »scheen«, wie es in dem jiddischen Lied heißt: »Bei mir biste scheen!«

»Mit einem Katerkopf wär er noch schöner«, findet Stoffele. »Wie mein Katzengel tät er dann aussehen.«

»Der Katzengel, lieber Stoffele, hat schon meinen Christbaum besetzt. Das reicht!«

»Wo sind die Heiligendreikönige?«

»Die sieht man noch nicht. Ihren Tross auch nicht. Die müssen dort hinterm Felsen warten, bis sie dran sind.«

Stoffele rennt hinter den Felsen, gucken. »Da ist aber kein Schwein.«

»Na ja«, geb ich zu, »in Wirklichkeit hab ich weder Tross noch Könige, weil mein Brennofen damals kaputt gegangen ist. Dann hab ich mir die Hacken abgelaufen, aber nirgends Könige gefunden, die mir gefallen hätten. Man nimmt ja auch nicht jeden König.«

»Da liegt was.« Stoffele tatzelt die kleine goldene Krone vom Felsen herunter.

Ich lege sie wieder darauf. »Ich sag immer, die hat der schwarze König abgenommen und dort hingelegt, weil er gerade ein Nickerchen macht und weil Kronen gern drücken. Jeder, der mal versucht hat, mit der Krone auf dem Kopf ein Mittagsschläfchen zu halten, weiß das. Lass das Kamel in Ruh! Kamele wollen nicht abgeschleckt werden.«

Das Kamel liegt vor dem Felsen und käut versonnen wieder. Lukas hat es geschaffen, der Sohn meiner Nichte Monika, es sieht aus wie das Urkamel, das Kamel aller Kamele.

»Dem Pfarrer sein Stall war aber ein richtiger Stall«, stellt Stoffele kritisch fest. »Mit einem Dach obendrauf, auf dem Engel hocken.«

So einen hab ich nicht, dafür aber einen gewölbten, oben zackig abgebrochenen Tonziegel in wunderschönen, ineinanderlaufenden Rottönen, den ich vor Jahren mal aus einem provenzalischen Schutthaufen herausgezogen habe. Ochs, Esel und das Heilige Paar sind sehr mit ihm zufrieden, standen sie doch lange Zeit einfach so herum, weil meine Schwester sich konsequent geweigert hatte, mir unseren alten armselig-traulichen Stall, der mir als der Älteren zweifellos zugestanden hätte, zu überlassen. Manchmal werden ansonsten ganz annehmbare Schwestern zu Hyänen.

Stoffele gähnt. Er habe genug von dem heiligen Zeug und nickere ein bisschen. Aber ohne Krone.

Am Heiligen Mittag:

Ich mache Bethlehemwein. Der ist meine Erfindung: Man nehme eine normale Rotweinflasche, fülle sie mit einem guten trockenen Rotwein, klebe ein Etikett mit der Aufschrift »Wein aus Bethlehem, trocken, Goldmedaille« darauf. Das tue ich jedes Jahr. Meine Gäste freuen sich immer schon auf diesen Wein mit dem, wie sie sagen, ganz besonderen einzigartig samtenen Aroma, den sie aus allen anderen Rotweinen dieser Erde herauskennten. Einer spürte sofort den leichten Brombeergeschmack, ein anderer war für Hagebutte, ein dritter lobte das dezente, zum Fest passende Weihraucharoma.

Ich habe nämlich damals in Bethlehem nicht nur den so ergreifend melancholischen Esel erstanden, sondern auch zwei Flaschen Bethlehemwein. Für Weihnachten. Macht sich doch toll, hab ich gedacht, wenn so ein heiliger Wein auf dem Tisch steht, der passt auch gut zu Kartoffelsalat und Schäufele in Burgundersoße. Was Besonderes war er ja nicht, etwas flach, wenig Aroma. Aber aus Bethlehem. Als der Wein getrunken war, ließ ich edle Etiketten anfertigen, und die klebe ich nun auf meine Flaschen, wenn ich Eindruck schinden will. Es klappt immer. In der Flasche ist dieses Jahr ein ordentlicher »Burkheimer Käsleberg«. Ein Betrug, ich weiß, aber ein frommer Betrug, der meine Gäste glücklich macht und ihnen das Gefühl gibt, sie seien Weinexperten, denen man nichts vormachen könne.

Am Heiligen Abend:

Ich habe Zottels zum Essen eingeladen. Stoffele zuliebe gibt es diesmal »Zürcher Chatzegschrei« (Züricher Katzengeschrei – wie das Gericht zu seinem etwas ordinären Namen kommt, erklärt das Kochbuch nicht). Eine wilde Sache, zusammengeschmort aus scharf gewürztem Hackfleisch, Zwiebeln, Rotwein, Bouillon, Essig, Zitronensaft, Salz, viel Pfeffer, Lorbeerblatt, Nelke, Rosinen, Rahm. Dazu gibt's »Gschwellti«, wie der Schweizer Pellkartoffeln nennt. Das Chatzegschrei ist ein kulinarisches, die Geschmackssinne schärfendes Erlebnis. Ich serviere es in einer Tonschüssel, auf deren Rand mehrere Katzen herummarschieren und auf deren Boden »Miau!« steht.

Auch der Bethlehemwein wird gelobt. Auf Herrn Zottels Frage, wo ich den herhätte, lächle ich kryptisch, lege den Finger auf den Mund, deute auf den kleinen Engel, der über der Krippe schwebt, und überlasse Herrn Zottel die Vermutung, dieser sei es gewesen, der, unter jeden Flügel eine Flasche geklemmt, den Bethlehemwein eingeflogen habe.

Stoffele und Zottel kriegen Rinderhackbällchen pur und fressen sie einander weg. Mit »Oberweschnegger Chatzegschrei«. So kommt jeder auf die gleiche Anzahl, wie wenn er nur seine gefressen hätte.

Zottels sind wieder drüben. Ich habe die Kerzen am Christbaum angezündet, es riecht erfreulich nach angekokelten Tannennadeln, weil ich manche Kerzenhalter zu weit innen angebracht habe. Der Baum hat sich Zeit gelassen zum Erstrahlen und Zeit, um wieder im Dunkel zu versinken. Immer länger wurden die schönen, lebendig flackernden Schatten an Wand und Zimmerdecke.

Die Kerzen sind heruntergebrannt und haben die ehrwürdige Flügeldecke vertropft. Wundervoll schimmern Christbaumkugeln durchs Tannengrün, die Vögel zirpen zart im Gezweig, und die himmlischen Heerscharen haben Weihnachtslieder gesungen: »Kommet ihr Hirten« und »Ubi sunt gaudia« und »Maria durch ein Dornwald ging«. Die können noch alle Strophen. Weil der Katzengel oben auf der Spitz nicht recht disponiert war – außer einem kläglichen Gemaunze brachte er nichts heraus –, hab ich mir von dem Strohengel, der zwar nur noch einen

Flügel, aber dafür eine sehr schöne warme Altstimme besitzt, das Wiegenlied aus dem »Weihnachtsoratorium« gewünscht: »Schlafe, mein Liebster, genieße der Ruh …«

Nun sitz ich am Fenster, versunken in die Betrachtung des Himmels, und mir ist wie dem jungen Maler Roderer in Stifters »Nachkommenschaften«: »Ich fühlte nun eine Freiheit, Fröhlichkeit und Größe in meinem Herzen wie in einem hell erleuchteten Weltall.«

Meine Geschichte weiß ich auf dem Berge Sinai bei der Käthe in guten Händen. Sie ist damit frei vom Joch der Schneiderei, ich von dem der Schreiberei, und so fiebere ich unbeschwert dem glücklichen Finale entgegen, das Stoffele verheißen hat. Der schläft natürlich wieder mal ausgiebig im Sessel. Mein Geschenk, eine kleine Stoffkatze, die zufällig entfernt Hexle gleicht, hat er zuerst angefaucht, dann so herumgeschmissen und gebeutelt und verdroschen, dass ich ein abgerissenes Ohr wieder annähen musste.

Die Sterne trödeln noch herum, auch der Mond rauscht mit Verspätung an und sieht verständlicherweise etwas angegriffen aus. Ich versuche, Stoffele, der pflatschig daliegt wie ein Seehund, mental wach zu kriegen. »Wach auf! Wach doch endlich auf!«, brülle ich ihm geistig in die Ohren, aber die Kräfte meines Geistes sind entweder durch den Stress der letzten Tage noch etwas geschwächt oder von Natur aus nicht besonders stark. Eine Erkenntnis, mit der ich werde leben müssen.

Da Stoffele nicht ans Aufwachen denkt, helfe ich nach. »Jetzt wird's aber Zeit«, sage ich vorwurfsvoll. »Heute ist der große Tag der Wiedergutmachung. Du hast versprochen, den geklauten Stern vom Schwanz des Großen Bären wegzunehmen und wieder an seinen angestammten Platz zu bringen: ans Ende vom Schwanz des Großen Himmelskaters.«

Stoffele reißt das Maul auf und gähnt. »Schon erledigt.«

»So? Du hast dich aber seit Stunden nicht von der Stelle gerührt.«

»Dazu muss unsereins doch nicht aufstehen und herumrennen und sich die Pfoten dreckig machen. Ich hab das Problem rein geistig gelöst. Mit Ki, wie das so meine Art ist.«

»Entschuldige bitte, wenn ich dich immer wieder unterschätze.«

»Guck naus! Was siehst du gleich neben dem Großen Bär?«

»Nix. Nur ein paar Sterne. Sie hängen sehr unordentlich am Himmel rum.«

»Du guckst unordentlich. Das ist nämlich der Große Kater. Wenn du richtig gucken tätest, könntest du was Interessantes sehen.«

»Vielleicht macht er einen Buckel. Oder er kratzt sich, weil er auch Flöhe hat. Himmelsflöhe.«

Stoffele findet das geschmacklos. »Er ist wieder ganz, der Schwanz. Das könntest du sehen. Großartig ist er. In alter Schönheit.«

»Den Großen Kater seh ich immer noch nicht. Nur den Großen Bär. Und sein Schwanz ist noch genauso lang wie vorher. Müsste der nicht um den von ihm geklauten und von dir dem Großen Kater wieder zurückgebrachten Stern kürzer sein?«

Stoffele rollt sich genüsslich auf den Rücken. »Du darfst mich am Bauch krabbeln.«

»Ich krabble nicht. Ich hab dich was gefragt.«

»Das ist nämlich so«, sagt Stoffele. »Ich hab dem Großen Bär versprochen, dass sein Schwanz so lang sein wird wie der vom Großen Kater. Kein Fitzelchen kleiner. Da hat er dem Kater das geklaute Schwanzstück zurückgegeben und sich entschuldigt.«

»Und seiner?«, frage ich. »Der ist doch kein bisschen kleiner.«

»Am Ende von seinem Schwanz sitzt jetzt ein Komet. Der ist zufällig vorbeigeflogen. Da hab ich ihn gefragt, ob er nicht Schwanzende vom Großen Bär werden will. Es ist ihm eine Ehre, hat er gesagt. Und dass man ja irgendwann das Herumgesause satthat und wissen will, wo man hingehört als Komet. Der Große Bär hat mir in die Pfote versprochen, dass er nie mehr irgendwem einen Stern klauen wird, um sich hinten zu verlängern. Krabbelst du jetzt?«

Ich krabble. »Na ja, die Sache mit dem Stern betrifft

mich nicht so persönlich. Aber meine Gummibärle hätte er nicht umbringen müssen. Das war nicht fein und für die Bärle ein traumatisches Erlebnis. Sag ihm das, mit einem nicht sehr freundlichen Gruß von mir.«

»Hab ich schon gemacht. Ein bisschen fester krabbeln, bitte. Der Bär lässt sich entschuldigen. Aber die grünen schmecken wirklich saugut. Sagt der Bär. Und du sollst ihm nicht grollen. Jetzt weiter oben krabbeln! Er ist im Grund ein sehr netter Bär.«

»Woher weißt du das?«

»Von ihm selber. Und er wird es wohl wissen, ob er nett ist oder nicht. Außerdem hat er einen gewaltigen, himmlisch schönen Brumm. Jetzt weiter oben.«

Ich sehe hinauf zum immer noch unsichtbaren Großen Kater am Himmel und dann hinunter zu meinem etwas kleineren Kater auf dem Sessel. Der hat die Augen zu, lässt sich den Bauch kraulen und macht einen zufriedenen Eindruck.

»Weißt du was, mein Lieber? Als ich neulich bei Frau Vögele war, ist Lump in seiner Hütte gelegen und hat an einem Riesenknochen herumgenagt. Ein ganz ähnlicher Knochen lag mal auf meiner Fußmatte. Was sagst du dazu?«

»Ich sag nix.« Stoffele beginnt, seinen Bauch zu schlecken.

»Dein Bauch ist sauber. Möcht bloß wissen, warum du dich schon wieder schleckst.«

»Ich schleck den Streichel weg. Als anständiger Kater will man doch nicht riechen wie so ein Mensch.« Dann streckt er das linke Hinterbein gerade in die Luft und bearbeitet nun dieses.

»Jetzt starre ich schon die ganze Zeit hinauf. Aber den Großen Kater seh ich immer noch nicht.«

Stoffeles Schwanz wird zum fröhlichen Schnörkel. »Da kann man halt nix machen. Der zeigt sich ja auch nicht jedem.«

»Und die sanft beseelten Kühe, die nachts auf Vögeles Dach herumhocken und den Mond anhimmeln, sind wohl auch Bären, die du mir aufgebunden hast.«

Nun wird noch der Schwanz geglättet. »Bei Kühen kann man nie wissen. Die sind eigen. Sieht doch schön aus, so ein Dach voller Kühe. Und was schön aussieht, stimmt immer, egal, ob es stimmt oder nicht. Und jetzt gib Ruh. Die Lösung des Falles hat mich doch mehr angestrengt, als ich gedacht hab.« Er gähnt.

»Noch nie«, sage ich, »wurde in einer Geschichte so viel geschlafen –«

Stoffele: »Geruht!«

Ich: »Gepennt.«

Stoffele: »Ein Nickerchen gemacht!«

Ich: »Das Körbchen gehütet.«

Stoffele: »Miditiert!«

Ich: »Auf der faulen Haut gelegen wie in dieser.«

Stoffele fährt sich mit der feuchten Pfote ein paarmal über die Ohren. »Fertig!«

»Gott sei Dank! Diese Schleckerei kann einem gewaltig auf die Nerven gehen.«

»Ein sauberer Pelz ist ein prima Ruhekissen.« Er legt den Kopf auf die rechte Pfote und den Schwanz um sich herum.

»Bevor du wieder einschläfst, muss ich dir noch sagen, dass du dich lange genug auf meinem Sessel herumgelümmelt hast. Jetzt lümmle ich. Du hast mir dein großes Miau gegeben und alle vier Pfoten.«

Aber Stoffele schläft schon tief und fest und schnarcht, wie er nie geschnarcht hat.

Ich sehe wieder zum Himmel. »Mistkater!«

Stoffele ist tief entrückt.

»Ein moralisch verdorbenes Katerviech bist du«, sage ich laut. »Wegen dir hätt ich fast meinen lieben alten Teddy verdächtigt, bei dem ich mich jetzt entschuldigen muss.«

Stoffeles Schwanzspitze zuckt im Schlaf.

»Und Mister Weinberg, was soll der von uns denken?«

»Der soll in sich hineingehen und seine Pfoten vom lieben Gott lassen«, sagt Stoffele im Tiefschlaf.

»Das ganze Theater nur, um auf meinen Sessel zu kommen.«

»Nicht nur. Man muss immer das Angenehme um das Nützliche herumwickeln. Ich hab es fast nur wegen dir gemacht. Wegen einer nie da gewesenen Geschichte von einem Verbrechen aus Leidenschaft.«

Er schnarcht weiter. Tiefer, fester, lauter als zuvor.

Es ist eine wirklich schöne Nacht. Der wiedererstandene Mond strahlt am Himmel von Oberweschnegg, trotz Schock, was er kann, ich meine, er bringt sich so weit ein, wie es ihm in seinem Zustand möglich ist. Ich lese nämlich ihm zulieb, hält er sich doch immer noch für Hänsel aus dem Märchen, jetzt ein psychologisches Werk. Über Zwangsprojektionen und wie man damit umgeht.

Der Große Bär steht in seiner ganzen Pracht am Himmel und brummt freundlich und zufrieden. Was für ein Bild! Wie hat mein Kater gesagt? Was schön ist, stimmt immer. Egal, ob es stimmt oder nicht.

Und dann –

Und dann auf einmal –

Mir gehen die Augen auf –

Ich seh ihn: Neben dem Großen Bär leuchtet er, der Große Sternenkater. Wie in jener Nacht, als der liebe Gott ihn schuf, weil seine Engel nicht schnurren können, und in jener anderen, als der große Kant in ehrfürchtigem Staunen am Fenster seiner Studierstube in Königsberg stand und zu ihm aufblickte. Wirklich und wahrhaftig! Was für Ohren! Was für herrliche Schnurrbarthaare! Wie anmutig nebeneinandergestellt die Pfoten! In vollendet geschwungenem Bogen der edelste Schwanz! An seinem Ende funkelt ein wunderbarer Stern. Derselbe, der schon vor zweitausend Jahren über dem Stall geleuchtet hatte.

Ich hebe mein Glas, gefüllt mit Bethlehemwein, und proste dem Großen Kater zu. Mir wird warm ums Herz. Wenn ich eine Kuh wär, flöge ich auch aufs Dach und muhte innig vor mich hin. Ich muhte allen von Herzen eine frohe Weihnacht. »Ihnen auch, Herr Stifter!«

Dann schalte ich den Computer an, schreibe leise das allerletzte Kapitel, lese es sorgfältig noch einmal durch, finde tatsächlich ein fehlendes und ein überflüssiges Komma, vertausche die beiden und schalte, ohne abgespeichert zu haben, wieder aus.

Und ich höre die Stimme Adalbert Stifters, er spricht mit weicher oberösterreichischer Färbung: »Es war eine Ruhe, Stille und Feierlichkeit in meinem Hause. Aber ich blieb nicht lange sitzen, sondern ich stand auf, ging zu dem Fenster, öffnete es und lehnte mich hinaus. Auch draußen war Ruhe, Stille, Feierlichkeit und Pracht – und es rührten sich die unzähligen, silbernen Sterne am Himmel …«

Ich öffne das Fenster, und nun ist auch der Schluss dieser Geschichte auf den Flügeln des Windes unterwegs zum Berge Sinai. Und die alte Ruhe liegt wieder über dem Walde.

»Eine schöne Nacht, Herr Stifter.«

»Ja, wunderschön.«

»Es gibt«, sage ich, »etwa sechseinhalb Milliarden Menschen auf unserer Erde.«

»Das ist viel.«

»Und es gibt hundert Milliarden Galaxien.«

»Das ist gewaltig.«

»Und jede Galaxie hat etwa hundert Milliarden Sterne. Auf einen Menschen kommen fünfzehn Galaxien. Das sind pro Mensch –«

»Das ist«, sagt er, »unvorstellbar. Wer dem Weltgebäude seine Betrachtung widmet, muss sich die Frage stellen: Ist die Sternsammlung im Raume, ist sie begrenzt, und ist um sie der leere Raum, und wo dieser aufhört, geht er wieder fort, und so ohne Ende? Das verstehen wir nicht. Oder: Ist der Raum mit Welten erfüllt, immerfort, ohne Grenze?«

»Nach allem, was wir heute wissen, ist unsere Erde ein unbedeutender winziger, in einer Ecke der Milchstraße herumtrudelnder Planet. Und was auf dieser Erde geschehen ist, vor einer Million Jahren, vor hunderttausend Jahren oder vor zweitausend Jahren, oder was heute geschieht, das ist, so gesehen, nicht sehr wichtig. Und eine Nacht wie diese, Herr Stifter, die wir immer noch die ›Heilige Nacht‹ nennen, was ist daran?«

»So weit Aufzeichnungen und Erinnerungen zurückreichen, haben Menschen und Völker ihre heiligen Feste gehabt – sie stehen wie Lichtsäulen auf den Zinnen der Zeit –, an denen sie ihre Seelen in nähere Beziehung zu den Wesen setzten, die sie über sich glaubten …«

»Wir glauben keine Wesen mehr über uns.«

»Und doch«, sagt er, und ich höre das Lächeln in seiner Stimme, »wird mancher, wenn das Himmelsgewölbe ausgeleert ist, und nur die fernen Sterne und die nahen Dünste enthält, noch in der Erinnerung den bunten Glanz sehen und eine Freude haben, dass er so selig gewesen ist, da er ein Kind war.«

»Aber diese Geschichte, Herr Stifter, die wir seit zweitausend Jahren erzählen, von dem, was damals in dieser Nacht sich zugetragen hat –«

»Das«, sagt Stifter, »verstehen wir auch nicht.«

Auf Stoffeles dringenden Wunsch hin habe ich unsere Krippe verkatzelt. Die Heilige Familie und die Engel erklären, sie fühlen sich geehrt.